梅蒂亞轉生物語 5

門扉彼端的魔法師（下）

友麻碧

輕文學
Light Literature

Contents

Characters

瑪琪雅・歐蒂利爾

出身自〈紅之魔女〉後裔「歐蒂利爾」家的魔法師。

托爾・比格列茲

王宮騎士團的魔法騎士。原為瑪琪亞的騎士，目前成為救世主的守護者。

使魔

咚塔那提斯（咚助）

波波羅亞庫塔司（波波太郎）

「救世主」與其「守護者」／路斯奇亞王國

愛理

來自異世界的「救世主」少女。

萊歐涅爾・法布雷

救世主的守護者之一。在王宮騎士團擔任副團長。

吉爾伯特・迪克・羅伊・路斯奇亞

救世主的守護者之一。路斯奇亞王國的三王子。

尤金・巴契斯特

路斯奇亞王宮內的首席魔法師。元素魔法學的第一把交椅。

梵斐爾教國

耶司嘉

梵斐爾教之主教，負責監視瑪琪雅。

盧內・路斯奇亞魔法學校

勒碧絲・特瓦伊萊特

瑪琪雅的室友。來自福萊吉爾皇國的留學生。

尼洛・帕海貝爾

瑪琪雅的同學。以榜首身分考進魔法學校的天才。

弗雷・勒維

尼洛的室友。比同學們年長一歲的留級生。

貝亞特麗切・阿斯塔

與瑪琪雅同班的貴族千金。王宮魔法院院長的孫女。

丹・賀蘭多

瑪琪雅的同學。出身自王都孤兒院。

尤里・尤利西斯・勒・路斯奇亞

盧內・路斯奇亞魔法學校的精靈魔法學專任教師。路斯奇亞王國的二王子。

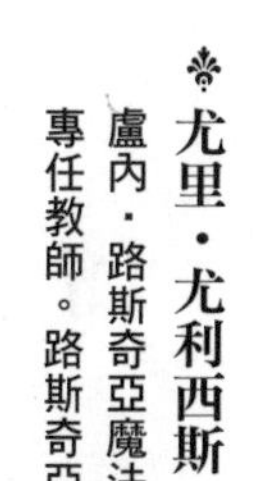

福萊吉爾皇國

夏特瑪・米蕾雅・福萊吉爾

福萊吉爾皇國的女王。以被譽為聖女的古代魔法師「藤姬」自居。

卡農・帕海貝爾

福萊吉爾皇國的將軍，被稱為「死神」。面貌神似在瑪琪雅前世殺害她的男子。

Map & Realms

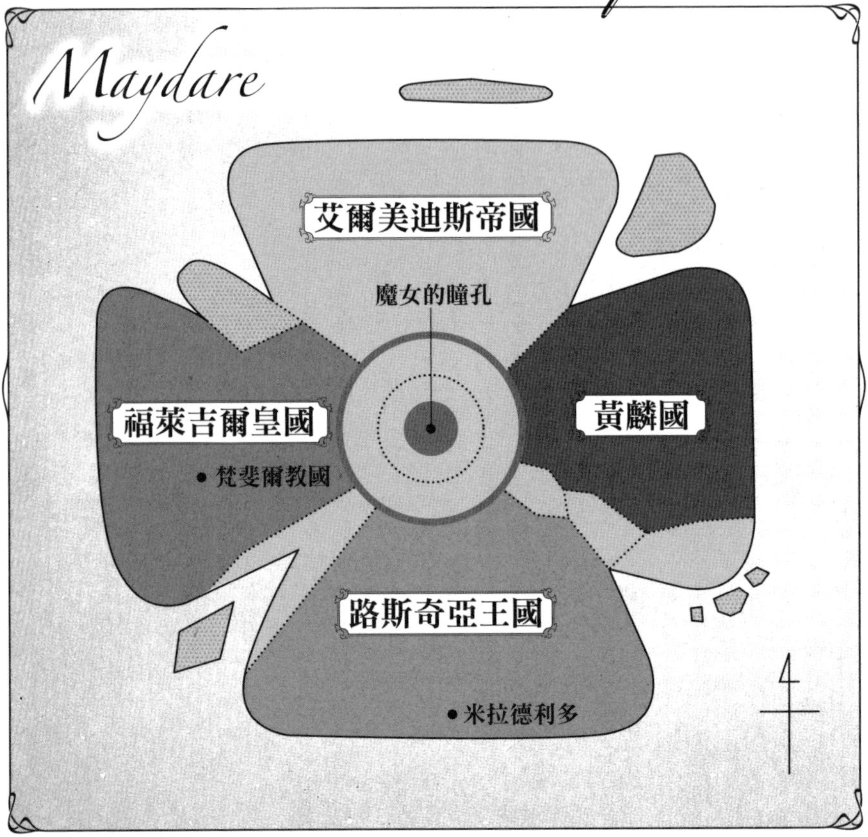

路斯奇亞王國
蘊藏豐富古代魔力的南方大國。瑪琪雅的家鄉德里亞領地也位於其中。

福萊吉爾皇國
現代化魔法技術發展蓬勃的西方大國。與路斯奇亞王國互為友邦。

艾爾美迪斯帝國
採行獨裁統治的北方大國。正在策動征服梅蒂亞的侵略戰爭。

黃麟國
充滿謎團的神祕東方大國。擁有獨樹一格的東洋文化。

梵斐爾教國
梵斐爾教派的總部，座落於福萊吉爾皇國境內。

米拉德利多
路斯奇亞王國的王都。盧內・路斯奇亞魔法學校也位於其境內。

魔女的瞳孔
位於世界中央的巨洞。

Keywords

梅蒂亞

由眾多偉大魔法師寫下歷史的這個世界之代稱。

魔法大戰

由「紅之魔女」、「黑之魔王」與「白之賢者」三人於五百年前引發的戰爭。其中「紅之魔女」殺害了勇者，以「世上最邪惡魔女」之惡名流傳後世。

托涅利寇的勇者

四位志同道合之士攜手打敗三位魔法師，為魔法大戰畫下句點的歷史性人物。其偉大事蹟被改編為各種童話與繪本，成為人們耳熟能詳的故事。

救世主傳說

流傳於路斯奇亞王國內的傳說——每當梅蒂亞遭逢危機之時，傳達福音的流星群將會從異世界召喚「救世主」降臨，拯救世界。據說托涅利寇的勇者也是其中一例。

四芒星紋章

救世主傳說中四位志同道合「守護者」的身分象徵。在救世主降臨時，此印記將會烙印於天選之人身上。

梵斐爾教

梅蒂亞中最古老且最主流的宗教信仰。信奉著世界樹「梵比羅弗斯」。

盧內・路斯奇亞魔法學校

據說是由遠古魔法師「白之賢者」所創立的教育機構。被眾多精靈守護著。

魔力屬性與天賦寵兒

構築這個世界的魔力主要可分類為【火】、構築這個世界的魔力主要可分類為【火】、【水】、【冰】、【地】、【草】、【風】、【雷】、【音】、【光】、【闇】。另外，富含各屬性天賦之人則被稱為「寵兒」，具備了精靈加護與特異體質等能力。

精靈、使魔

存在於這世界中的魔力具現化之物。棲宿於動物、植物或自然之中的神祕力量之具體呈現。藉由召喚精靈本體並締結契約，便可將其降伏為使魔來役使。

魔物

主要棲息於梅蒂亞北部的魔法生物的通稱。被視為會對人類造成危害的敵人，過去曾服從於「黑之魔王」的統治。

特瓦伊萊特一族

「黑之魔王」的後裔，繼承其祕術的神祕一族。數百年來貫徹自治統治，但現在隸屬於渴望獲得其力量的帝國。

第一話　尼洛，石榴石第九小組之於我

我名叫尼洛‧帕海貝爾。

真正的名字，早在很久很久以前，被我遺留在北國的大雪與嚴寒與火焰中。

「尼洛同學、尼洛同學請你振作一點！」

「喂，尼洛，已經沒事了！騎士團的人去找治癒魔法師來了，再忍耐一下！」

朦朧意識中，我聽見組員勒碧絲和弗雷的聲音。

兩人的聲音都充滿緊張感。

這裡是哪裡？看天花板的感覺，是第一層迷宮「鹽岩迷境」啊。

全身好痛，好冷。

我記得我的身體應該被突襲學園的帝國魔法師用小刀捅了好幾刀，一開始以為不過只是刺傷還能故作平靜，但疼痛與苦楚逐漸增加，狀況明顯很不妙。

這並非單純刀子刺傷造成的痛楚。

騎士團副團長帶來的治癒魔法師用盡各種方法，但傷口無法癒合，仍然血流不止。

「喂，勒碧絲，治癒魔法完全沒效耶，該不會有毒吧？」

「不，這是特瓦伊萊特的咒術魔法，如果是維達爾拿的刀，上面很可能被施加了咒術。這是種透過傷口擴散到全身，帶給傷者痛楚，折磨傷者至死的恐怖詛咒。是尼洛同學靠自己的力量抑制擴散並加以控制才有辦法撐到現在。」

「怎麼這樣……那該怎麼辦啊！如果是毒，就是路斯奇亞王國的專業了啊！」

說起處理毒物的技術，確實沒有國家能出路斯奇亞王國之右。

但面對這不曾見過也不曾聽聞的咒術，正如弗雷所擔心，也不知這裡有沒有人能夠解咒。

我也試著自己解咒，但這咒術相當複雜。

勒碧絲，我深深理解特瓦伊萊特魔法有多深奧了。

「弗雷殿下，尼洛同學怎麼了嗎？」

還聽見第一小組的貝亞特麗切．阿斯塔的聲音。

一開始，態度高高在上的她是我最討厭的人種，但最近沒那麼討厭了。

因為她和瑪琪雅變得要好後，整個人的氛圍也變了許多。

貝亞特麗切看見我之後小聲尖叫，我的狀況就是如此糟糕吧。

「尼洛同學？是尼洛同學嗎？怎麼傷這麼重……」

還聽見之前在學校工房裡遇見的那個救世主的聲音。

我記得她應該名叫愛理吧。

以前曾被找去王宮對守護者的騎士說明在工房裡發生了什麼事情，當時我稍微聽說了，這個女生似乎想要和瑪琪雅和好。

結果她們和好了嗎？

或許根本用不著我擔心。但這可以籠罩整個鹽岩迷境的精靈魔法守護結界……大概是救世主的力量吧。

她身為救世主，保護了盧內・路斯奇亞的同學們。

明明都快要痛死了，我這個人，是冷靜淡然地想著些什麼啊。

雖然也很在意現狀，但模糊視線中看見這麼多人擔心著我，感覺似乎也不壞。

如果我能死在這裡。

我就能不需要經歷接下來的辛勞與痛苦，在許多同學包圍下，以還算幸福的狀態結束一生吧。

但如果我現在死了，會有人很傷腦筋。

我還有非做不可的事情，已經和哥哥約好了。

而且瑪琪雅不在這裡，我親眼看見她掉進海裡。

「瑪琪雅……瑪琪雅呢……」

我無意識伸出手。

我得確認她平安無事，隱隱約約感覺我不能就這樣死去。

「尼洛同學，沒事的，托爾就在瑪琪雅身邊。我看見他啟動了『黑盒子』，大概沒事。」

「……勒碧絲。」

「對不起，尼洛同學。尼洛大人……」

勒碧絲執起我的手貼上她的額頭，她因為憤怒與後悔顫抖著。

大概因為給了我這一身傷的，是特瓦伊萊特的魔法師以及一族的魔法吧。

弗雷似乎對勒碧絲喊我「尼洛大人」感到相當疑惑。

而我呢，聽到瑪琪雅平安後稍微放心，大概因為如此，我的意識越來越模糊，視線也開始染白。

但在這白色的世界中，看見紫色蝴蝶翩翩飛舞。

那隻蝴蝶，停在我的額頭上。

「……蝴蝶？」

當我發現時，有位聖女手貼上我的額頭，探頭看我的臉對我微笑。

「就讓小女子大發慈悲吧。尼洛。你還得繼續活下去才行。」

我的身體被溫暖的光芒包覆。

「嘰嘰、嘰嘰」我聽到什麼東西被撕扯咬碎的細微聲音。

接著「呼……」我的疼痛逐漸消退。

不僅疼痛，傷害身體的所有東西全部消失了。

只留下了這種感覺。

能夠吞噬所有詛咒，這應該是天牛精靈齊魯斯的力量吧。接著又加上其他精靈的強大治癒魔法與修復魔法，我的傷口逐步癒合，連破破爛爛的衣服也完美復原。

「尼洛同學？」

「喂，尼洛，你的傷……」

我的臉色大概立刻轉好了。

貝亞特麗切及弗雷等在場的人全都相當驚訝。

特別是這國家騎士團的人和三王子一臉震驚。

至於是對什麼事情震驚，大概並非有人治癒了我的詛咒和傷口，而是這位大人親臨此處。

我重複了幾次安穩的呼吸。

因為我知道我已經脫離生命危險了。

接著慢慢起身，在特地前來拯救我性命的夏特瑪女王陛下面前跪下，手平貼胸口。

「陛下，真的很不好意思，勞您費心了，衷心感謝您慈悲相救。」

「沒什麼，小女子只是對你這個省心的孩子盡己所能而已。」

「請問我哥哥呢？」

「……你問卡農啊？他去了該去的地方，你別擔心。」

這樣啊，哥哥已經開始行動了啊。

那麼，應該一切都能平安無事了吧。

「福萊吉爾的女王陛下？妳為什麼會在這裡？」

救世主少女愛理，發現她是夏特瑪女王陛下了。

在那之後，弗雷也立刻大喊「啊啊啊！」這傢伙也見過女王啊。

「這個人！是福萊吉爾的女王！絕對沒錯！」

「噓，弗雷你這傢伙，太大聲了！而且太失禮了！」

吉爾伯特王子摀住弗雷的嘴巴，抓住他指著女王陛下的手往下放。

夏特瑪女王陛下呵呵笑著，看向勒碧絲。

勒碧絲光靠這個視線就理解女王陛下的意思，在我們身邊展開簡易結界。

這是為了不讓其他學生看見這裡的狀況及聽見我們的對話。

聰明的貝亞特麗切見狀噤口，努力吞下滿肚子疑問，選擇留在此處。

「話說回來，為什麼女王要救庶民尼洛啊？而且為什麼穿著我們的制服？」

「呵呵，很適合小女子對吧？小女子一直想穿穿看這間學校的制服呢，因為這學校的制服相當口愛啊。」

「口、口愛……」

夏特瑪女王陛下天真無邪地轉了一圈，盧內‧路斯奇亞的長袍優雅地隨之飄揚，基本上也帶有變裝的意義吧。

「陛下，真的非常不好意思，沒想到我的族人會引發如此嚴重的事態，做出這種沒辦法彌補的事情……」

勒碧絲也在陛下面前跪下，深深鞠躬。

她的聲音帶有些微顫抖。

「勒碧絲，別擔心，妳在這一年完成了諸多任務，做得很好。接下來就交給我們吧。」

「……是的，陛下。」

勒碧絲看起來相當不甘心。

我看見她緊咬牙根偷偷落淚。

「那個，我有點搞不清楚狀況耶，怎麼一回事啊？勒碧絲和尼洛，跟福萊吉爾的女王有關係嗎？」

雖然搔著臉頰一臉困惑，但弗雷意外地跟上我們的話題了。

「五王子殿下，你還真是敏銳呢。沒錯，勒碧絲‧特瓦伊萊特是奉小女子旨意派遣到這個國家的軍屬魔法師。而這個尼洛‧帕海貝爾亦是我國的特務少尉。」

弗雷大概做出了陛下所期待的「什什什麼，軍人！」的反應。

「但關於尼洛，這也只是他的假身分，他真正的名字……」

「陛下……」

我忍不住抬起頭插嘴。

但夏特瑪女王陛下低頭俯視我，輕輕搖頭。

彷彿表示「已經不能隱瞞了」。

「……」

我遵從她的意思，做好覺悟站起身。

夏特瑪女王陛下舉起手指向我，對在場的所有人說：

「他真正的名字是，尼洛・阿列克謝・梵思・艾爾美迪斯。是逃亡到我國的，艾爾美迪斯的王子殿下。」

○

這塊梅蒂亞大地的北方，有個名為艾爾美迪斯帝國的國家。

雖然有遼闊大地，肥沃的土地卻十分稀少，成年天色灰暗，人民深受飢餓、寒冷與魔物的威脅所苦，是充滿殺戮氣息的國家。

這裡曾有歷史悠久的王族居住，但十年前軍部政變時，當時的皇帝與王族成員幾乎全數遭到殺害，活下來的王族也慘遭軟禁。

現在坐在王位上的皇帝只是個擺設，艾爾美迪斯帝國的實權掌控在與他女兒結婚的軍部統領手中。

艾爾美迪斯帝國也是這時開始擴大武力，逐步加劇對外侵略行為。

因為有這場政變，才開始推動將魔物運用在軍事用途上，以及特瓦伊萊特一族開發轉移魔法。也就是說，這是一連串相關聯的事情。

尼洛・阿列克謝・梵思・艾爾美迪斯——

這是祖父為皇帝，且父親為王位第一繼承人的王子之名。

記得當時大家叫我阿列克謝，而非尼洛。

帝國的王族，血緣越濃郁的也擁有極具特徵的洋紅色雙眼，我也和皇帝祖父及父親相同，帶著一雙王族證據的洋紅色眼珠出生。

政變那天，我才六歲。

皇帝祖父、父親與母親，都在睡夢中遭到突襲被槍殺了。

我那天原本也會被軍部的那些人殺掉。

但來殺我的其中一個軍人，是混在軍部中的外國間諜。

一頭金髮，擁有石榴色雙眼的男人。

那個男人抱起差點遭殺害的我，逃出被火舌吞噬的王城，把我，只把我一人救出來。

他名叫卡農・帕海貝爾。

他是西方大國，福萊吉爾皇國的軍人。

「你為什麼要救我？福萊吉爾應該是長年和艾爾美迪斯互相仇視的敵國吧。」

「有件事情，需要你活著去完成。」

「你以為現在的我能做什麼？」

「未來將會有場大戰，到那時，你是這個世界所需的棋子……殺手鐧。」

卡農・帕海貝爾語氣平淡地對我說。

在那之後，我隱瞞帝國王子的身分，以這個軍人卡農・帕海貝爾的弟弟身分活下去。好險我們的髮色相近，旁邊的人也沒有感到怪異。

哥哥——卡農・帕海貝爾被身邊的人稱為「死神」。

他確實完全沒有笑容，也有相當冷酷的一面。

但對我來說，哥哥是我的救命恩人，也是教會我許多事情的人。雖然不寵溺我，但對我很溫柔。

我之後才知道，哥哥也是出生在艾爾美迪斯帝國的人。但他對祖國沒任何想法，他的忠誠僅獻給一人，福萊吉爾皇國的王女。

這位王女，夏特瑪公主殿下也毫不躊躇地信任卡農這個男人，將他留在身邊守護自己。

夏特瑪公主殿下，和卡農哥哥……

我從當時就覺得兩人的關係相當不可思議。

而當時，這位年齡與我相差不遠的年幼公主，已經擁有超越成人的智慧與思想，還擁有稀世罕見的魔法才華。

但當時的公主，極力隱瞞自己的力量，且同時強力推動事情發展。在國王父親與兄長們面前扮演年幼小女孩，絕不讓任何人察覺她將來有天會奪取王位的任何跡象。

她就這樣虎視眈眈逐步做好準備，接著在成為將軍的卡農哥哥與梵斐爾教國的耶司嘉主教大人輔佐下，登上福萊吉爾皇國的女王陛下大位。

我也是奉女王陛下的聖旨，進入盧內・路斯奇亞魔法學校就讀。

並非以福萊吉爾留學生身分，而是以庶民身分透過一般入學考試的管道入學，是為了要極力隱瞞我和福萊吉爾之間的關係。

我很清楚。

在大魔法師們的安排下，我是有意義地被配置在這個地點。

初次踏入盧內・路斯奇亞魔法學校那時，透過噴水池的水看見這個國家的天空無限的藍，大海閃耀炫目，從天灑落的陽光好溫暖。

充滿綠意、果實豐碩的這個國家，和我的祖國大為不同，讓我幾乎暈眩。

接著恰巧越過噴水看見妳的紅髮，是那般絕美……

當時，我對自己為什麼在這裡感到很不可思議。

但現在，我隱隱約約察覺自己被送到這裡來的意義了。

欸，瑪琪雅。

妳組織的石榴石第九小組，每個成員都是這世界的重要「棋子」。

紅之魔女的後裔。

黑之魔王的後裔。

路斯奇亞王國的王子。

艾爾美迪斯帝國的王子——

妳明明一無所知，卻找到了我們，接著對我們伸出手。嗯，但我想確實有個想著「要是能這樣發展就有趣了」而巧妙配置棋子的人物……

即使如此，妳選擇了我們，而我們也選擇了妳。

在盧內・路斯奇亞魔法學校這和平的微小世界裡，我們累積起來的友情與信賴，肯定是相當純粹無瑕之物。

就算一路隱瞞的事情全被揭穿。

我們緊密相連的關係，我們的羈絆，會成為改變未來的力量。

接下來，我們又會被配置到其他地點，成為在梅蒂亞這個棋盤上掙扎的棋子。

但我相信——

在全部結束之時，我們能誰也不缺，四人再次聚首一同歡笑。

我們的這一年，石榴石第九小組，非常耀眼喔。

確實存在的青春時光，肯定會引領我們走向我們該選擇的道路。

第二話　世上受到最多祝福的男人

那天——

艾爾美迪斯帝國的大型轉移魔法陣，強勢突襲了盧內・路斯奇亞魔法學校。

無數的帝國大鬼從大型轉移魔法陣中降落，入侵這個學園島。

敵人在盧內・路斯奇亞魔法學校周遭張設結界，學生無法逃出去也無法仰賴來自王宮的協助，只能躲進地下迷宮中。

尤利西斯老師用魔法破壞了大型轉移魔法陣，但帝國的魔法師們也正逐步修復這個大型轉移魔法陣。

我，瑪琪雅・歐蒂利爾，現在正往學園島中央的燈塔移動。

和我一起行動的是騎士托爾，和耶司嘉主教。

自從帝國的大型轉移魔法陣出現在盧內・路斯奇亞魔法學校上空至今，已經超過三小時。

已經再無魔物從敵人正在修復的大型轉移魔法陣中無止盡地降落。

但早已有大量大鬼利用第一次的大型轉移魔法陣入侵學園島。

我們邊選擇盡可能不碰到敵人的路線，在耶司嘉主教領頭下，前往身處學園島中心的燈塔裡的尤利西斯老師身邊。因為只要我們能到尤利西斯老師身邊，或許就能找到打破現狀的方法。

但在途中——

「天空變紅了。」

明明還是大中午，天空突然染上暮色。

托爾看到這一幕後，驚嚇大喊：

「這該不會是特瓦伊萊特領域吧……」

耶司嘉主教說著「沒錯，就是這樣」抬頭斜眼看了一眼後咋舌。

「那是特瓦伊萊特一族具代表性的祕術之一。設定範圍後，『刻意創造出夕陽時分』，因為夕陽時分能讓魔法提升三成效果。大概想藉此提高效果，在最短時間內重新啟動大型轉移魔法陣吧。」

「怎麼這樣……」

確實有夕陽時分的魔法成功率會上升，容易得到最佳效果的說法。

我不知道還有能刻意創造「夕陽」這個自然現象的魔法。

但耶司嘉主教輕描淡寫說著，這個魔法正是最符合特瓦伊萊特一族之名的魔法。

「但也不須慌張，這個魔法對我們來說也並非全是壞事。只要身處特瓦伊萊特領域範圍內，我們的魔法效果也會增加三成。這個魔法是個也會提升敵人魔法效果的雙面刃。也就表示，即使如此也需要盡快展開大型轉移魔法陣吧……」

「表示敵人也慌張了嗎？」

「嗯，大概就是如此，我們只要快點前往燈塔就好。」

耶司嘉主教從海岸邊轉彎走進林道。

我們跟著他走，因為充斥森林中的異樣氣味皺起臉來。

「好濃郁的屍臭。」

「還有藥味……」

托爾和我都忍不住摀住口鼻。

「可別多聞，這附近是噴灑殺大鬼毒物的地點，對人體也絕不是什麼好東西。」

嘴上這樣說，耶司嘉主教自己卻沒有摀住口鼻，拿起手上的主教杖用力往地上一敲。

下一秒周遭吹起圓環狀的風，魔法風一口氣吹散飄盪的毒物與屍臭。這個人一臉稀鬆平常地沒有詠唱咒語。

突然，耶司嘉主教的眼神變了。

「替我拿著。」

「咦？哇。」

他把主教杖推到我身上，從懷中拿出小型手槍。

眼神銳利環伺四周，壓低身體往前跑出去。

「？」

在我理解發生什麼事情前，聽見好幾聲槍響。

耶司嘉主教邊跑邊擊斃前方、側邊等，隱藏在樹木後的大鬼。

聽到幾聲槍響就聽到幾聲大鬼短暫的死前驚叫，我完全沒發現我們被這麼多的大鬼包圍。

「嘎喔喔喔喔喔喔！」

我發現有大鬼邊發出刺耳叫聲邊從樹上跳下來。

「主教！危險！」

耶司嘉主教明明頭頂遭狙擊，他還露出一口白牙咧嘴一笑。

下一秒，耶司嘉主教扭轉身體閃過大鬼揮下的爪子，腳一迴旋勾住大鬼的脖子，接著狠狠朝地面重擊。

「嘿。」

以大鬼為中心，地面凹出一個大洞。就是如此巨大的衝擊。

而那只是個人類的迴旋踢。

只靠這招就能打死擁有強健肉體的大鬼也令人難以置信，但仔細一看，主教在自己腳上纏繞上濃縮熱能的純熟火焰。

這是他以前教過我的【火】之魔法。

大鬼的弱點就是火及熱的魔法，所以他才會把那纏繞在腳上。

這就是你死我活的霙那。

「唉～這身衣服真的有夠難施展踢技。」

耶司嘉主教游刃有餘地打理自己凌亂的主教袍。

「一群雜兵，可別以為有辦法贏過最強的本大爺啊。」

明明說出口的話超級小嘍囉感，實際上超級強的耶司嘉主教。

我和托爾都看傻了眼。

「喂，你們發什麼呆，接下來會一直遭遇這種場面啊！」

耶司嘉主教從我手中搶過主教杖，接著把自己剛用的槍推給我。

「什麼？」

「什麼『什麼』，妳有夠遲鈍，妳要拿這個打死大鬼。有一瞬猶豫就會死掉，這是殺或被殺的世界。快點，在妳右邊！」

我反射性對耶司嘉主教的命令做出反應，朝從右邊攻來的大鬼舉槍按下板機。

扣下板機的霙那，我的腦袋一瞬間冷靜下來，毫無迷惘。

而我之後也被這樣的自己嚇一大跳。

「小姐，您是何時學會這種技藝啊？」

「啊……」

咦？我完全被耶司嘉主教訓練得可以理所當然地用槍耶……

到目前為止，我遭遇許多活用耶司嘉主教教我的事情的場面。

這個人教會我的事情，果然是我接下來要逃出生天的必要手段。

而耶司嘉主教本人，則是從懷中拿出新的武器咧嘴笑著。

「很不錯喔，瑪琪雅・歐蒂利爾，妳是正式場面會變很強的類型。累積實戰經驗後會變得更強，但是，戰場可沒那麼天真，別以為擊中一擊就能脫離戰場。首先得要跟我一樣，多加鍛鍊身體才行啊！」

「我、我明白了！」

「不可以！小姐可是貴族千金！要是變成和你一樣肌肉發達的戰鬥狂，你要怎麼賠償我們啊！小姐也別這麼老實答應！」

雖然被托爾罵了，但不要緊，不需要那麼擔心。

因為不管我怎麼努力，大概都沒辦法變得跟耶司嘉主教一樣。

不管我殺了多少魔物，絕對都無法。

又再次在林道上小跑步前進。

耶司嘉主教領頭，我在中間，托爾殿後警戒周遭。

雖然大半都被耶司嘉主教打死，但隨著腳步前進也遇到越多大鬼。

還有一整群氣勢十足地從後面追趕我們，托爾也曾用冰之魔法在後方弄出冰山阻擋牠們。

但一個瞬間，大鬼們的氣息突然消失無蹤，我們感到不對勁而停下腳步。

「哼，終於現身啦，特瓦伊萊特的魔法師……」

不知何時，我們周圍被一群黑長袍魔法師包圍。

兜帽壓低，嘴巴遮掩在鐵製口罩後方。

從他們的打扮可以得知這些人是特瓦伊萊特的魔法師。

他們在空中創造出難以目視的墊腳石，並站在上方，看起來彷彿飄浮在半空中。

被他們冰冷的視線俯視，讓我十分緊張。

石榴石第九小組的所有成員，都被特瓦伊萊特的魔法師們狠狠折磨了一番。

特別是勒碧絲和尼洛還身負重傷，我和托爾也因為他們的魔法跌入冰冷大海中。我回想起不久前才發生的事情，心臟因此猛烈跳動。

這些傢伙相當危險。

他們絲毫不把傷人當一回事，用我完全追不上的速度施展魔法。

但特瓦伊萊特的魔法師們只是遠遠看著我們，別說攻擊了，連靠近也不肯。

「……聖灰在這耶。」

「嘖，這個酒肉主教。」

「住手，你自己上也敵不過他，他可是大魔法師等級耶。」

特瓦伊萊特的魔法師們，嘀嘀咕咕不知在爭辯什麼。

看來他們認識耶司嘉主教，而且相當警戒他。

大魔法師等級……是什麼啊？

不熟悉的單字讓我歪過頭，但耶司嘉主教抬起下顎對著不願意靠近我們的特瓦伊萊特魔法師大爆笑：

「哇哈哈哈哈哈哈哈！沒錯，沒有說錯！你們這些人絕不可能贏過我！」

耶司嘉主教豎起食指直指敵人。

「我知道你們不可能贏過我！因為我可是大魔法師之一，而你們特瓦伊萊特的黑蒼蠅，不過只是擁有大魔法師血緣而已！」

「！」

被喊作黑蒼蠅，再怎樣都讓特瓦伊萊特的魔法師們開始怒氣外露。

但耶司嘉主教仰頭「哇哈哈」大笑。

主教無法克制，也無法阻止自己挑釁。

總覺得我們看起來才像壞人耶……

「黑蒼蠅們啊！墮落成帝國的奴隸，拚死拚活做出那個大型轉移魔法陣，讓我誇獎你們這點吧。平庸的魔法師做不出那種東西。但就算這樣還是贏不過我啦！」

「這、這傢伙……」

主教在此壓低音調，不屑地瞇起眼睛：

「但『黑之魔王』的空間魔法超出你們的能力，根本承受不起。你們這跟破爛抹布沒兩樣的身體說明了一切，雖然你們似乎拿長袍和面具遮掩著。」

「聖灰，你給我閉嘴！」

「我們可是相當清楚會失去肉體，仍繼續繼承『黑』之魔法至今的！」

特瓦伊萊特的魔法師無可忍受地大喊。

看見好幾個人擺出戰鬥姿勢，我和托爾也擺好架式。

「喔喔，想跟本大爺打啊。那本大爺只能把在錯誤道路上橫衝直撞的你們全殺了，全殺了，全殺了！一人不留地讓你們從這個痛苦中解脫。救贖正是本大爺的任務……啊啊，梅・蒂耶。」

當我發現時，耶司嘉主教手上抱著兩把來福槍。

在我「呃」的同時，他毫不留情地胡亂掃射。

只有槍聲和耶司嘉主教的大笑聲響徹周遭，我和托爾慌慌張張蹲低身體。

被流彈打到可不是開玩笑的，接著判斷只有蹲低身體還無法完全閃避，我和托爾都在頭上張設起魔法牆。

敵人也張設了保護自己的魔法牆，但那完全派不上用場。

令人驚訝的，耶司嘉主教的槍彈輕而易舉打穿敵人的魔法牆。

那彷彿被利針刺破的氣球。

「嘖！」

「呀啊。」

「快逃！別和他對戰！」

就連剛剛還對耶司嘉主教燃起滿腔鬥志的特瓦伊萊特魔法師，在耶司嘉主教先下手為強後完全束手無策。

敵人如同被獵人追趕的兔子，只能四處逃竄。

「喔啊喔啊喔啊喔啊！被打到可是會死人啊！嘎哈哈哈哈哈！給我去死吧！」

雖然是胡搞瞎搞，雖然是胡搞瞎搞，但果然很強啊。

我一直明白主教不是簡單人物，但為什麼會有如此巨大的差距呢？

我們面對瓦伊萊特的魔法師毫無抵抗之力。

而感覺他們也完全無法勝過這位耶司嘉主教。

他手上拿著的，看起來明明只是普通的來福槍啊。

「放棄回收黑盒子！我們會全軍覆沒！」

「但、但是……」

「別多說了，快逃！我們絕對贏不過他！」

看似首領的年老男子聲音充滿緊張感。

他好幾次命令在場的特瓦伊萊特的魔法師們撤退，然而越年輕的人越想要勉強應戰。

但我明白一件事了，特瓦伊萊特魔法師的目標，是黑盒子……

邊蹲低身體，我和托爾互相確認敵人的目標。

「黑盒子是托爾施展的那個魔法吧。」

「……對，正確來說，黑盒子是記載『黑之魔王』所有魔法的祕術書，也是個魔法道具。我想是因為我剛剛發動過一次，讓敵人發現那現在在我手上。」

我記得黑盒子原本是在勒碧絲手上，因為特瓦伊萊特的魔法師曾試圖逼問勒碧絲說出黑盒子在哪裡。

而那些傢伙正動作迅速地避開槍彈，全員後退逃離這邊。

「……哼，就只有逃跑速度是一流的，真不愧是黑蒼蠅。」

槍聲停止，聽見耶司嘉主教的碎碎念後，我和托爾抬起頭來。

周邊只剩下千瘡百孔的樹木，以及火藥的氣味。

「主教大人的來福槍是用鍊金術或什麼製作的嗎？這個威力應該不是普通的來福槍吧。連魔法牆也輕而易舉打穿了。」

我邊拍掉制服裙子上的塵土邊問。

「哼，這不是普通的來福槍也不是鍊金術，我的武器全都是精靈。」

「……精靈？」

主教一臉得意讓我看他剛才使用的來福槍。

「就是叫加乘召喚的東西，將許多精靈相互組合後，用我命令的樣子召喚出來。我可以用各種武器的形狀召喚精靈。」

加乘召喚——

這是在一年級的精靈魔法學中，連碰也不會碰到的超高難度精靈召喚法。

我也只聽過名稱，從未近距離親眼見過。

「魔法可是相當深奧的，就算方法不同也能造就相同結果。用鍊金術製造武器，以及把精靈當作武器召喚出來，就是最好的例子。還有利用轉移魔法把強力武器轉移到身邊來也會創造出相同效果。問題是自己適合哪種魔法，哪種魔法容易創造出最好的效果。」

耶司嘉主教在此開始傳道，不對，是上起了魔法課。

「我和鍊金術合不來，轉移魔法也半斤八兩，所以才會主要使用精靈魔法。其中加乘召喚是得要和許多精靈訂契約才能成立的魔法，因為可是要將精靈與精靈相結合啊。簽約精靈的數量越多，就能擴展加乘召喚的可能性，發揮其效果。所以能用這招的人數量稀少。」

「也就是說，這表示大人和非常多精靈訂定契約囉？因為你召喚了那麼多的武器。」

聽見托爾敏銳的提問，耶司嘉主教咧嘴一笑：

「就是這樣啦，和我訂定契約的精靈大約一百吧，雖然幾乎沒見過他們，但可都是聖地養大的優雅精靈呢。」

「一、一百……」

這個數字也嚇了我們一大跳，我和托爾側眼互視。

嗯，我知道托爾想說什麼。

把聖地養大的優雅精靈們，毫不手軟地變成槍、火箭炮、手榴彈或來福槍之類的使用，這該要說什麼才好呢？托爾想問這個吧？

而且話說回來，我從來沒見過耶司嘉主教身邊帶著精靈。倒是見過他帶著魔物威爾・奧・唯普斯出現啦。

這個人基本上都不詠唱咒語，我也是到現在才知道他使用「精靈魔法」，原本還以為他是用轉移魔法從哪裡拿出武器來耶。

但這或許就是耶司嘉主教的強大之處。

還來不及理解他在做些什麼時，一切都已經結束了。

尤利西斯老師會請耶司嘉主教指導我，大概是希望我可以好好看著他這個部分並加以學習吧。我也得鍛鍊出這種速度感才行……

就在我如此思考之時──

耶司嘉主教的視線突然變得兇狠，朝某個方向投射而去。

他的表情相當嚴肅。

「嘖，最重點人物登場了啊……」

就在他說完這句滿滿嘲諷的話之後。
我發現有個「什麼」，偷偷摸摸從滿目瘡痍的樹木後方朝我們這裡偷覷。
「……啊！」
戴著小丑帽和面具的藍色小丑。
我靜悄悄地，但也確實地停止了呼吸。
承受幾乎要讓心臟停止跳動的恐懼與衝擊，我忍不住後退一步。
這和面對特瓦伊萊特魔法師們的恐懼又不同。
站在身邊的托爾似乎發現我相當緊張。
他的表情也變得嚴肅，手握腰上的劍瞪著藍色小丑。
我們曾經見過這個藍色小丑。
「青之……丑角……」
沒錯。
這個小丑在歷史上被稱為「青之丑角」，是梅蒂亞災厄的象徵。
而他在約莫半年前，竊取了守護者之一的尤金・巴契斯特的身體，假扮成他搗亂路斯奇亞王國的秩序。
「好、好、好久不見了呢~瑪琪雅・歐蒂利爾，以及托爾・比格列茲。然後然後然後，還有偉大的蒙灰主教大人！」

藍色小丑輕快地從樹木後方跳出來，張開雙手，相當刻意地朝我們鞠躬。

然後戴著表情不變的面具歪過頭。

「感覺主教大人～比我上次見到你時，樣貌變得更加邪惡了耶？」

「哼，全都託你的福啊！」

主教也很刻意地嗤鼻一笑。

「我也很想見你呢，青之丑角。想你想得不得了，每天都在夢中看見噁心的藍色小丑呢。還真是睽違三百年不見了。」

睽違三百年？

我以為可能是我聽錯，但肯定並非如此。

因為托爾就在我旁邊輕聲說出相同疑問。

但那不可能啊，到底是怎麼一回事？

我完全無法理解，但「青之丑角」和耶司嘉主教互相怒視的氣氛一觸即發，一道冷汗滑過我的臉頰。

托爾仍然維持著只要對方有破綻就拔劍揮砍的姿勢。

「你們千萬別動！」

耶司嘉主教大喊。

我和托爾因此動彈不得。

這是什麼魔法？感覺身體一瞬間變重了。

「你負責當覺醒前小孩們的保母啊？還真是個吃力不討好的任務呢？」

「囉嗦，本大爺只是想要親手殺了你而已。」

青之丑角掌心貼在嘴邊，非常刻意地笑了。

「呵呵呵、呵呵呵，你真的相當棘手。明明所有能力都劣於其他大魔法師，卻因為你專屬的那東西，所有事情都順著你的心意。」

「也不全是這樣啊，不順心的事情太多，讓我不爽到極點……」

惡劣態度就跟平時的耶司嘉主教沒兩樣，但他的表情和聲音冷靜得令人恐懼，彷彿根本不是那位耶司嘉主教……

「聖地的加護？梵比羅弗斯的寵愛？這世上應該沒有哪個男人如主教大人一般深受大樹寵愛，深受這世界寵愛了吧。全因為你那高過頭的『幸運值』，只有你，我無法竊取你的身體，怎樣也殺不了你喔？」

青之丑角頂著沒有表情的面具往前嘲笑：

「沒人殺得了你，你可是『除了自殺外死不了的男人』呢？」

「……」

又是句我無法理解的話。

因為照著字面上意義理解這段話，這也太……

「哼，我可不想要聽你這打不死，壞事幹盡運氣超強的傢伙嘲諷我。」

耶司嘉主教回以冰冷回應。

無法想像是平常那個粗暴又情緒化的主教大人。

大概因為沒挑釁主教成功吧，青之丑角突然開口問我：

「呵呵呵，妳是不是也這樣想啊？瑪琪雅・歐蒂利爾。」

即使戴著面具，青之丑角的異樣視線仍舊貫穿我。

我嚇得肩膀一聳，嘴巴微張，不知該如何回應而手足無措。

「瑪琪雅！別說話！」

耶司嘉主教大聲怒吼，我也反射性閉上嘴。

青之丑角相當無趣地踢踢腳邊的石頭。

「算了，第二回合已經開始了喔？可得請你們讓我看看有趣的場面才行呢？派對可是不會結束的呢？」

接著，青之丑角如同先前，被腳邊長出的藤蔓纏繞。

主教毫不猶豫地舉起槍攻擊丑角，但那全被藤蔓擋下。

藤蔓完整包裹丑角後，立刻凋零枯萎。

但是我感覺仍舊可以聽到哪裡傳來那個藍色小丑的笑聲。

異樣的打扮與語調，以及他的魔法仍然相當詭異。

框啷一聲，只有面具遺落於此。就連面具也被耶司嘉主教用槍打得粉碎。

彷彿像抓不到主謀，只能將憤怒全部發洩在面具上一般。就連他也沒辦法殺了丑角啊……

不一會兒槍聲停止，耶司嘉主教「唉——」地嘆了長長一口氣，背對著我們說：

「你們知道尤金・巴契斯特被他竊取身體的事情對吧。」

「……對。」

「那你們記住，青之丑角竊取身體的關鍵就是『對話』。」

「對話？」

耶司嘉主教邊把槍收入懷中，只把視線轉過來看我們。

「用『特定的答案』回應他『特定的問題』，這段對話帶有咒語，會轉變為傀儡魔法。但那傢伙總用氣死人的提問語氣，就是個說話天花亂墜的小丑。現在也還不清楚哪個是特定的問題，因為只有我沒被他竊取過身體，更是無從得知。從很久以前……沒錯，從三百年前。」

又是三百年前。

他的語氣彷彿至今已經發生過好幾次相同事情了。

耶司嘉主教平常就是態度惡劣的酒肉主教，但他不曾像這樣對他人展露憎惡感。

即使聖者，也有確實想殺害的對象。

他的眼神，表露出很早以前就有如此覺悟。

「耶司嘉主教大人。」

托爾開口問：

「三百年前是什麼意思呢？你看起來還很年輕，難不成你已經活了三百年的歲月了嗎？」

「哈，怎麼可能。」

耶司嘉主教轉過身面對我們。

他意味深遠地看著托爾，接著轉過來看我。

「但是，本大爺三百年前活著也是個事實，本大爺是梅蒂亞歷史留名的其中一位大魔法師……轉生之後再次活在這個時代的人。」

「大……魔法師？」

我記得剛剛特瓦伊萊特的其中一個魔法師也曾經說過這個名詞。

「你難道要說你是三百年前的大魔法師的『轉世』嗎？」

比起驚訝，我先脫口而出這個問題。

「瑪琪雅・歐蒂利爾，妳可不能不相信啊，妳自己也有前世的記憶吧？」

「那是……」

確實如他所言。

我並非不相信「轉世」。

我確實擁有異世界平凡高中女生人生的記憶，而這個記憶因為愛理的存在證實是真的。

「難道你是『聖灰大主教』的轉世嗎？」

托爾相當冷靜，搶先我一步說出可以媲美這位耶司嘉主教的，當代大魔法師之名。

跳過好幾個問題，抽掉所有拐彎抹角，托爾的眼神表現出他想要盡早得到答案的意志。

耶司嘉主教沉默看著托爾一會兒後，最後嗤鼻一笑：

「啊啊，就是如此，敏銳的小鬼還真是讓人火大。」

「……因為你的髮色，我聽說那些超規格的大魔法師們，都因為髮色而有另一個別稱。」

「啊啊，原來如此，確實是這樣。」

耶司嘉主教拉過自己的頭髮，這個人確實有頭灰髮。

我眨眨眼睛，想起這位大魔術師的事蹟。

「聖灰……大主教……」

那是三百年前，設立了梵斐爾教的教廷梵斐爾教國的偉人。

管理聖地，且受到世界所有信眾支持，梵斐爾教國雖然是小國家，現在仍擁有強大權力。

大主教以及巫女的意見，據說不管哪個國家的國王或機要人士都不能忽視。

某種意義上來說，控制這個梅蒂亞的就是梵斐爾教。

而將梵斐爾教大規模傳道至如此境界，建立起國家的人就是「聖灰大主教」。

但三百年前的「聖灰大主教」是品格相當高尚的人物，歷史課本上寫著他是自我犧牲的化身，是聖人君子。

現在的耶司嘉主教……這個嘛……

「聽好，梅蒂亞這個世界，是由留名歷史的大魔法師，用他們的魔法推動時代前進的世界。但實際上，只是僅僅『十位』被稱為大魔法師的人，重複著數百年一次的隨機轉生而已。」

「什麼？十位？」

「隨機……？」

這是怎麼一回事。

歷史上有非常多被稱為大魔法師的人物。

其中最為突出，還擁有顏色別稱的人物確實不多……

「管理這個事實，以及十位大魔法師資訊的，就是梵斐爾教國。再怎麼說，一切皆起源於聖地啊。」

「……」

我和托爾一句話也說不出來。

手足無措著不知該怎麼處理這個資訊。

「你為什麼要現在對我們說這件事？由梵斐爾教國管理的世界真相，這應該是相當機密的事情吧？」

托爾露出更加奇妙的表情，他大概不是懷疑，卻也沒辦法完全相信，搞不清楚耶司嘉主教對我們說這件事情的意圖。

「你問為什麼……嘎哈哈哈哈哈！」

只不過，耶司嘉主教拍大腿大笑。

「因為你們『也和我們相同』啊。」

就在我們努力要完全消化這句話之時——

事態不等我們，出現急遽變化。

不知從哪傳來類似奇怪地鳴的聲音。

不，與其說是地鳴，更該說是讓人不自覺發抖的野獸吼聲。

「什、什麼？」

「該不會又是大鬼吧？」

我們四處張望、環伺四周。

耶司嘉主教驚覺什麼抬頭看天。

托爾也在看天空後驚訝地睜大眼。

我追著他們的視線往上看。

「咦……？」

帝國的大型轉移魔法陣終於修復完成了。

不僅如此，有個不曾見過的「什麼」從那個大型轉移魔法陣中央露出臉來。

「那、那……那個是……」

我顫抖著聲音。

「龍……」

托爾也無法置信地低語。

雖然覺得不可能，但正因為托爾擁有龍精靈，他才能立刻判斷出來。那比托爾的精靈更加巨大，更為不祥，充滿獸性與野性。

現在仍無法看見其全貌。

但只就看見的部分，知道牠有如岩石般凹凸不平的褐紅色肌膚，黃色眼睛，細如針的瞳孔，以及銳利尖牙。

不知是疼痛還是苦楚。

不知是憤怒還是興奮。

牠在大型轉移魔法陣的交界處暴動，大聲發出低沉怒吼。

「真的假的，是從哪抓龍出來的啊，那可不是精靈，而是真正的龍耶。」

就連那位耶司嘉主教也藏不住驚訝。

但托爾直言「這不可能」。

「真正的龍明明早在遠古以前已經滅亡了！」

「沒錯，但那個不管怎麼看都是真正的龍，龍在魔物中也是最特別的，是最高等級的存在。那是神話時代的生命體，甚至留有其巨大身體噴出的火焰可以燒毀整個城市的神話。」

「……這也就表示，帝國甚至控制了龍嗎？」

我的聲音輕輕發抖，因為難以置信啊。

「大概就是這麼一回事。如此一來也明白，青之丑角那令人火大的從容是哪來的了。」

派對可是不會結束的呢？

我回想起青之丑角愉悅說出這句話時的詭異聲音。

耶司嘉主教粗暴地揮動他的長主教袍，急忙跑到我們面前。

「事情太糟了，召喚出真正的龍來，別說盧內・路斯奇亞了，連王都都會瞬間陷入火海。連本大爺和那傢伙的力量有沒有辦法完全守住也不清楚……我們快到燈塔去。」

「……好。」

除了點頭照主教大人所說的做之外，我們無能為力。

接連造訪的意外事態，讓我的不安逐漸擴大。

我們終於抵達位於學園島中央的燈塔。

尤利西斯老師和好幾個精靈就在燈塔中。

尤利西斯老師監視著飄浮在火紅天空中的大型轉移魔法陣，以及從中探出頭來的龍。

他或許正在尋找再次破壞大型轉移魔法陣的時機。但因為龍探出頭來時不時怒吼暴動，所以無法輕易出手。

如果沒有任何對策，只要那傢伙一噴火，火焰熱度輕而易舉就能把這個學園島燒光。

那樣一來會變成地獄，所有學生都會陷入炎熱火海中。

「喂，心機混帳王子，事情不得了了！是龍啊！」

「是的，我從那傢伙偷偷探出頭來就看到現在，我知道。」

「什麼偷偷探出頭來啊！那和你寵愛的精靈是兩回事啊！」

「我很清楚，但還真是厲害呢，好帥氣喔。我也是第一次見到非精靈的真龍呢。」

「你是在開心個什麼勁啊！」

即使耶司嘉主教抓住尤利西斯老師的胸口大吼，尤利西斯老師也當耳邊風。

就連這種時候仍一副游刃有餘的模樣。

老師看了跟著來的我和托爾一眼後，輕輕揮開耶司嘉主教抓住他胸口的手。

「那麼，你說多少了呢？」

「本大爺已經說了，對他們說了本大爺是偉大的『聖灰大主教』的轉世。」

耶司嘉主教豎起拇指朝自己指，語氣粗魯說道。

「還真是急躁呢。」

「是你太溫吞了啦！這種事情就要毫不隱瞞，劈頭大聲說結論，接著再簡單明瞭說明最好。」

「難得見你如此溫柔說話，真不愧是品德崇高的聖灰大主教大人呢。」

「就是這樣，沒有人比本大爺更慈悲了。也沒有人比你更陰險、更令人討厭了。」

尤利西斯老師和耶司嘉主教果然八字不合吧。

但他們的對話中有件事情讓我很在意。

「那個，尤利西斯老師早就知道了嗎？耶司嘉主教是『聖灰大主教』轉世這件事。」

我小心翼翼地開口問，尤利西斯老師都還沒回答，耶司嘉主教就先喊了「妳說啥？」扭曲眼角和嘴角。

接著把拇指直直指向尤利西斯老師：

「妳在說什麼啊！這傢伙自己也是『白之賢者』的轉世啊。」

「……」

「別一臉蠢樣，看到這傢伙外表嚇死人的白，不是一目了然嗎？」

「……」

「但這傢伙肚子裡滿腹黑水就是了啦！哇哈哈。」

先把耶司嘉主教渾身解數的笑話擺到一邊去。

我和托爾啞口無言了一陣子。

「什……什麼喔喔喔喔喔喔喔？」

在驚訝過後，慢了一拍做出非常簡單明瞭的反應。

尤利西斯老師確實平時就被喻為「白之賢者」再世，也是國內最強精靈魔法師。

正如耶司嘉主教所言，他的外表也是徹徹底底的白。

但想像「白之賢者」是怎樣的魔法師時，都會不自覺地產生白髮老爺爺的印象。

至今一直在身邊幫助我的，年輕美麗的尤利西斯老師。

不僅如此還是這個國家的二王子殿下，竟是那個傳說中的「白之賢者」轉世，我完全無法想像啊。

「也、也就是說你有記憶嗎？那個，五百年前的『白之賢者』時代的記憶。」

「這是當然，我五歲時就全部記起來了。」

老師滿臉笑容，若無其事地如此說道。

雖然有點難以置信……但很多事情也得到解釋了。

例如尤利西斯老師能力如此超規格的理由。

——白之賢者。

——聖灰大主教。

兩位記載在歷史課本上的大魔法師的轉世就齊聚在這裡。

「但是，既然有兩位如此偉大的大魔法師在，龍應該也不成威脅吧？為什麼要帶我和瑪琪雅小姐來這裡？」

托爾冷靜的提問再有道理也不過。

我和托爾到底是為了什麼被帶來這裡的呢？

「我剛不是說過，你們也是關係人。」

「關係人，這是怎麼一回事？」

耶司嘉主教再次重複他剛剛說過的話：

「你們『也和我們相同』，是名留青史的大魔法師的轉世。」

「……什麼？」

不對，等等啊，我們是大魔法師的轉世？

不對不對不對不對。

我很清楚，我和托爾的前世都是生活在地球的超平凡高中生。

「讓你們感到混亂真的很對不起。」

尤利西斯老師對我和托爾道歉，接著用教師的口吻繼續說：

「讓我們來複習一下吧，這個名為梅蒂亞的世界，是個被譽為大魔法師的『十位魔法師』的靈魂不停重複轉生的世界。」

彷彿要把這個真相對我們洗腦一般。

「我是『白之賢者』的轉世，耶司嘉主教是『聖灰大主教』的轉世，而……你們兩位，也是歷史留名的大魔法師的轉世。」

尤利西斯老師橘黃色的眼睛帶著鈍色光彩。

雖然面露微笑，但與其說是尤利西斯老師帶給人安心的溫柔微笑，更感覺是帶有大魔法師威嚴的不同微笑。

「我們是大魔法師的轉世？殿下，您有什麼證據可以說出這種話？」

「托爾，我們當然有證據。大魔法師的轉世……也就是判斷是否為大魔法師最有效的方法，就是施展魔法時所需的『第一咒語』。」

「第一咒語？」

第一咒語就是編入自己名字，打開體內魔力之門的咒語。

以我為例，說出魔法指令前的「梅爾・比斯・瑪琪雅」就是第一咒語。

「這原本每個人都只能有一個，設定完成後，這一生都不可能使用其他咒語。雖然能不詠唱咒語施展魔法，但第一咒語是隨時在心中意識的東西。」

確實如此，任何會使用魔法的人都知道這最基礎的知識。

一生只有一個且無法變更，所以第一咒語也被用在魔法師的身分證明上。

「但你們兩位，應該都有另一個可以使用的『第一咒語』吧。」

「……」

確實如此。

我還有另一個施展魔法時使用的第一咒語。

「瑪琪雅小姐的是『紅之魔女』的第一咒語——瑪琪・莉耶・露希・雅。」
尤利西斯老師慢慢說出口。
「而托爾的是『黑之魔王』的第一咒語——托爾克・梅爾・梅・基斯。」
彷彿正站在講台上教學生們新咒語。
「『有沒有辦法使用前世的第一咒語』，這就是判斷是否為大魔法師轉世的方法。」
尤利西斯老師背對著暮色天空，食指抵著嘴唇如此說道。
說出這對我們來說，對這世界來說都是非常重要的事。

「也就是說，兩位就是——『紅之魔女』與『黑之魔王』的轉世。」

我慢慢睜大眼睛。
聽見他再次鄭重告知的真相，我全身起雞皮疙瘩，緊緊抱住自己的身體。
五百年前確實存在的「紅之魔女」與「黑之魔王」。
我和托爾，是那兩人的轉世？
「那個，誰是誰啊……？」
「看第一咒語就知道了吧，瑪琪雅・歐蒂利爾！妳是『紅之魔女』，托爾・比格列茲是『黑之魔王』。」

呃，確實是這樣沒錯啦。髮色也證明了這一點，雖然一目了然，但我姑且確認一下嘛……

耶司嘉主教用看著稀世蠢材的眼神看我。

至於托爾，則是用無法輕信，帶有疑問的低沉聲音說：

「原來如此，教我『黑之魔王』魔法的理由就在這啊，你們欺騙了我，藉此試探我啊。」

「要說『調查』，你這小鬼真的有夠彆扭耶。」

耶司嘉主教「啪」地一聲巴了托爾的頭。

托爾頂著依舊嚴肅的表情說喊「痛」。

「也難怪托爾會有所警戒，因為我們鎖定你們兩人，一直觀察著你們。」

尤利西斯老師萬分抱歉地皺起眉頭，卻也沒試圖隱瞞真相。

「和我與耶司嘉主教不同，你們兩位尚未取回身為大魔法師時的記憶，所以還沒有什麼真實感吧。但等到這件事結束後，我必將所有事情據悉以告。」

尤利西斯老師聲音誠摯地如此對我們承諾。

「只是現在，為了保護這個盧內・路斯奇亞魔法學校，希望務必借助你們的力量。這個學園島，是過去由『白之賢者』提議，在『黑之魔王』與『紅之魔女』協助下建造的。這個學校封印著巨大力量，想要解開封印，無論如何都需要兩位幫忙。」

「封印……？」

「大精靈，潘・法烏奴斯。」

「校長？」

我忍不住大聲驚叫往後仰。

「沒錯，瑪琪雅小姐知道的潘校長並非他完整的姿態。那是透過鏡子，讓大家看見他極力縮到最小樣貌的一小部分而已。潘・法烏奴斯的本體就封印在第四層迷宮裡。」

我突然想到。

在精靈魔法學最後的實技考試中，我為了收集精靈們的簽名抵達的校長室。

在那裡見到的潘校長，巨大到讓我根本無法看見全貌。

「想要完全解開封印，就需要三個關鍵字，而這個關鍵字，正是『黑之魔王』、『紅之魔女』、『白之賢者』的『第一咒語』。」

尤利西斯老師抬起頭，再次注視帝國的大型轉移魔法陣。

靜靜瞪著從其中冒出頭來那頭恐怖的龍。

「要是那頭龍從大型轉移魔法陣中完全現身，就算我們使出所有力量也無法完全守護住。盧內・路斯奇亞魔法學校會被燃燒殆盡，連王都也會陷入火海。真正的龍，就是擁有如此強大破壞力的魔法生命體……牠們是從神話時代就已出現，與神明同等的存在。」

我尚未完全理解。

但我有預感，要是在此迷惘將會出現無法挽回的憾事。我深深體會到這份焦躁。

魔法學校裡有許多對我很重要的人，尼洛、弗雷、勒碧絲身上還帶著傷在學園島某處。

我知道無能為力什麼也保護不了。

如果有守護的力量、方法，那我求之不得。

「我明白了，老師，我願意做。」

我緊緊握拳抬起頭，語氣堅定地說道。

「小姐……但那會帶給您極大的負擔，簡要來說，這就是要施展『紅之魔女』的魔法啊！」

「托爾，別擔心，我相信尤利西斯老師。」

我懂托爾的擔心。

但即使尤利西斯老師是「白之賢者」的轉世，我仍然尊敬他、最喜歡他了。

這是在這一年內，我對老師累積起的信賴。

只是這樣就夠了。

尤利西斯老師微露驚訝表情，接著泫然欲泣地微笑。

老師罕見的表情才嚇我一跳。

「瑪琪雅小姐，謝謝妳。」

老師低下頭。托爾看見後，毫不隱瞞地「唉」地嘆了一口氣，撩起瀏海。

「殿下和小姐都這樣說了，我也不能不做了吧。」

「托爾，對不起，你應該還沒接受吧？」

「不，我也是想要力量才接受『黑之魔王』魔法的教育。不管殿下等人背後有怎樣的盤算，我們也只是彼此彼此。而且……」

托爾苦笑。

「要是讓小姐繼續跑在面前，我會很傷腦筋啊，我會追隨您到天涯海角。」

就連這種時候，他仍試圖當個忠誠的騎士。

「喂，現在可不是拖拖拉拉的時候啊，該輪到那傢伙登場了。」

耶司嘉主教瞪著上空。

彷彿世界末日的火紅天空中，大型轉移魔法陣的光芒如胎動般一閃一滅。

巨大的龍就快要從大型轉移魔法陣的中央降生了。

只要那個一出來，帝國就會重新展開正式攻擊吧。

已經沒有時間了。每個人都有預感。

「耶司嘉主教，可以拜託你防禦王都與學園島嗎？」

「什麼？」

「只要有聖地的力量應該能辦到，關於防禦，你比我更值得信賴。」

「嘖，只會把麻煩事推給我！對上龍，不見得可以完全防住。但是……對我來說沒有不可能啦。」

說來說去，耶司嘉主教還是相當有幹勁。

尤利西斯老師從主教身上別開眼，重新面對我和托爾。

「沒有時間了，兩位做好覺悟了嗎？請詠唱我告訴你們的咒語，其他的全交給我。」

「好。」

我們站在尤利西斯老師兩側，冷靜下來，詠唱出老師告訴我們的咒語。

「托爾克・梅爾・梅・基斯——開門吧。」

「瑪琪・莉耶・露希・雅——開門吧。」

「尤里・由諾・雷・西斯——開門吧。」

使用大魔法師們的第一咒語，代表著什麼意義呢？

我偷偷意識著這一點。

尤里西斯老師舉杖朝地面敲了兩次，用嚴肅的聲音再次詠唱：

「開門吧，門扉彼端的魔法師。」

開門吧。

覺醒吧。

門扉彼端的魔法師。

第三話　鏡之魔神

我們詠唱完咒語之後——

地面響起巨大聲響，我在燈塔裡無法站穩，托爾撐著我的身體。

眼睛深處好疼，疼痛逐漸加重，劇烈疼痛襲擊我。

這到底是什麼？

托爾似乎也相同，他瞇起左眼。

我們剛剛依序詠唱了「黑之魔王」、「白之賢者」、「紅之魔女」的第一咒語。

五百年前的三位偉大魔法師的第一咒語。

這是發動什麼魔法了嗎？

但聲響的真面目是帝國大型轉移魔法陣啟動的聲音。

大型轉移魔法陣閃起環狀的炫目光芒。

中央空間的洞一度縮小，接著如開花般綻放，那裡開始被寫入新的術式。

「啊……」

現在有個東西從中間的洞滑落了。

——是龍。

龍被大型轉移魔法陣召喚出來，在這暮色天空中展開牠巨大的翅膀。

雷鳴般的咆嘯轟隆作響。

就算摀住耳朵，充滿憤怒的吼叫也撼動全身。

米拉德利多的居民們是否因為初次所見的真龍出現而感到絕望呢？

牠的樣貌等同神明。

在過去，彷彿與被稱為創始魔法師的十柱神明成對，這世上也有十種龍。

牠們被認為擁有永恆生命，以及可以將世界破壞殆盡的力量，但不知何時，牠們從這世界上消失，滅絕了。

「太美了……我也是第一次見到真正的龍。」

「嘖，到底是去從哪找來的啊。」

尤利西斯老師與耶司嘉主教也認真看著這世上罕見的存在。

就連擁有前世大魔法師記憶的他們都這樣了。

光憑這點就知道大鬼根本無法比擬，龍是極為特別的存在。無庸置疑，牠就是傳說中的生物。

「鎖鏈……」

托爾抬頭看著龍低語。

好幾重鎖鏈發出框啷聲，鎖住了紅黑龍的腳。

敵方大概也在估算打開鎖鏈的時機，鎖鏈現在也還和大型轉移魔法陣的另一頭相連。

這幅光景相當詭異，龍時不時發出痛楚呻吟。

牠臉頰下的火炎袋逐漸染上灼熱色彩，第一個發現的人是托爾。

「糟糕！牠打算噴火燒掉全部！」

「我不會讓牠這麼做！」

耶司嘉主教跳上燈塔的欄杆：

「梅・蒂耶。梅・蒂耶。梅・蒂耶。」

他詠唱三次梵斐爾教聖職者與信徒絕對會用的「祈禱詞」三次後，雙手握著主教杖，把主教杖往面前拉。

「依梵斐爾教國『聖灰大主教』的權限，使用世界樹梵比羅弗斯的魔力。透過地脈展開守護魔法牆『綠意之牆』！」

下一秒——王都沿岸閃過鮮豔強烈的綠光。

那道光邊打出波浪，數百道魔法牆成列現形。

「什……」

我嚇得啞口無言。

一瞬間展開那麼多道魔法牆，早已超過個人能力的範疇了。

而且那個魔法牆和我們使用的普通魔法牆完全不同，有著四葉幸運草的形狀。或者該說是表現這世界形狀的梅蒂亞十字。

中央刻著梵斐爾教國大樹樹枝的紋章，那發出淡淡朦朧，讓人印象深刻的綠光。

看到這個光芒，就連在這種狀況下也稍微平靜下來。那正可說是聖地的守護、奇蹟吧。

但現實中的威脅就近在眼前。

「要來了！」

耶司嘉主教從左至右橫掃主教杖。

接著，現形的綠意之牆飛到我們這邊，在面前規則排列，重重交疊。

「呀啊！」

根本沒時間做好覺悟迎接衝擊，我們已經遭強烈熱氣攻擊。

千鈞一髮之際，「綠意之牆」擋住龍吐出的烈焰。

但我被帶著魔法的火焰熱風吹得往後飛去。

「小姐！」

托爾繞到我背後接住我，用冰塊固定腳下與後背，抵抗熱風的風勢。

火焰的紅與橘現在仍在眼前轟聲跳動，雖然免於遭受火焰直接攻擊，但這股熱氣無比炙熱，連呼吸都很困難。

托爾立刻使用冰之魔法冷卻空氣。

白色蒸汽瞬間充滿這一帶。

在蒸汽另一頭，只有尤利西斯老師和耶司嘉主教屹立不動，毫不畏怯、目不轉睛地直直注視著敵人。

只是擋下一次攻擊，他們沒有興奮沒有喜悅，也沒有些微動搖。

他們平淡地處理著對下一次攻擊有用的資訊。

「那個蜥蜴傢伙……精準朝我們這攻擊啊。」

「主教，綠意之牆的手感如何呢？」

「很勉強。我交疊了所有可用的綠意之牆，但你看看，被燒到只剩下五道。但就算綠意之牆得以阻擋，餘火還是造成傷害。看學園島邊境！燒起來了！」

「哎呀，真的耶。但學生們已經全數避難完畢，這點程度就原諒你吧。」

「為什麼變成好像是我的錯啊！你也做事啊，這個心機混帳王子！」

確實是，被綠意之牆彈開的火焰掉在學園島邊境的樹林，樹木燒起來了。

但在尤利西斯老師下指令前，學園島內的精靈們已經前往處理。

「話說回來，我們詠唱的咒語呢？魔法呢？」

我定睛凝視四處張望。

我剛剛做好覺悟詠唱出「紅之魔女」的第一咒語。

但完全沒感覺我們這邊出現什麼變化。

雖然覺得不可能，雖然是覺得不可能啦……該不會魔法發動失敗了吧？

「別擔心，瑪琪雅小姐還請冷靜一點，請妳看看龍的正下方。」

「咦？」

尤利西斯老師低頭看著什麼呵呵一笑。

我也從燈塔的護欄探出身子，從那邊確認龍的正下方。

「啊……」

接著慢慢睜大眼。

那邊原本明明是片大海，現在卻有個倒映出火紅天空的大圓洞。

不，不對，那不是洞。

那是個巨大的——鏡子。

「門已經打開了，接下來就輪到身為精靈魔法師的我登場了。」

劈哩……劈哩……

有聲音，我們可以聽到這個聲音。

鏡面出現裂痕，確實從那傳出破裂聲。

感覺鏡子彼端傳來，殷切期待離開鏡子的，魔神的氣息。

「尤里・由諾・雷・西斯——出來吧，鏡之魔神潘・法烏奴斯。」

尤利西斯老師高舉魔杖，詠唱咒語。

感覺世界在那一瞬悄然無聲。

但鏡子破裂的巨響，就連這個無聲世界都能一併打破。

從龍的正下方伸出一隻巨大扭曲的黑色手臂。

啊啊……

我曾在第四層迷宮看過那個。

打破巨大鏡子召喚出來的，是遠比龍更加巨大的山羊大精靈潘・法烏奴斯。

「那就是校長……潘・法烏奴斯真正的樣貌……」

我吞了吞口水。

鏡子破裂聲毫不停歇地響起，大精靈最後在海面上現出他的全貌。

雄猛彎曲的山羊角，彷彿惡魔或暴風雨的象徵。

他的身體難以形容，就連是否存在於此都曖昧不清，如同好幾層透明黑紗層層交纏起來。

細長五指的手，黑色的手臂，從他透明的身體伸出來，朝火紅天空伸長想要抓住龍。

「主教！請你保護王都的沿岸！」

「不用你說我也知道啦，這個混帳王子！」

耶司嘉主教這一次從右往左橫掃他的主教杖。

下一秒，綠意之牆集結到王都沿岸。

接著就像拼圖般互相組合，連成城牆做好準備。

沒多久，潘・法烏奴斯現身的衝擊帶來的大浪撲上米拉德利多沿岸。但綠意之牆達到防波堤的效果，沒有造成大型災害。

「啊！」

即使如此，還沒有閒暇得以放心。

龍朝正下方噴出灼熱火焰，彷彿要逃脫潘・法烏奴斯的手，順著火焰的衝勢往正上方飛升。

但潘・法烏奴斯的手衝破火焰繼續伸長。

雖然沒有辦法抓到龍，但他緊緊抓住鎖住龍的鎖鏈使勁一拉，把龍在半空中甩了一圈後用力砸向海面。

「什麼！」

「這力量……太驚人了……」

只能說出這句話。

鹹鹹的飛沫甚至噴到這邊來了。

但這種程度也無法打倒龍，牠從海中飛出來，咬住潘・法烏奴斯的手臂。被牠那尖銳的利牙咬住可不是開玩笑的，但潘・法烏奴斯毫不畏卻，把龍甩開。

接下來展開一場無須說明的纏鬥、互毆。

巨大生物在眼前上演的戰鬥——讓我感覺就像在看特攝電影的怪獸大戰。

不容許渺小的我們介入，別說在旁觀看了，我們光注意讓自己別因為這場戰鬥動搖的大地、海面，以及強陣風與火焰而受傷或是不小心死掉就已經耗費全部心力。

潘・法烏奴斯握住鎖鏈朝自己拉近，再次試圖抓住龍。

但那一個瞬間，鎖鏈突然消失讓龍重獲自由，牠以驚人速度朝天空飛上去。

接著發出震耳咆嘯。

「！」

咆嘯震撼空氣、分裂大地。牠連吼聲也帶有魔力，讓我頭痛欲裂。

魔力耐性弱的人，大概聽到剛剛的咆嘯就已經昏厥了吧。

鎖鏈大概是用鍊金術製作，那應該能控制龍的力量，帝國可能認為再這樣下去對己方不利，才會解開鎖鏈。

這樣一來，就沒有能控制龍的東西了。

魔物中最高等的存在，神話時代的生命體。

牠的樣貌，彷彿暮色天空的主宰者。

真的就像為世界帶來終結與絕望的天之使者。

「狀況越來越糟了。」

耶司嘉主教嘀咕，尤利西斯老師手抵下巴回答「是啊」。

「可以的話，我是很想要生擒啦……」

「什麼？生擒？那怎麼可能啦！只能在造成大型災情前處置掉了吧。」

「……不，只要能讓龍靜止一瞬間，應該就能全部解決。潘・法烏奴斯擁有殺手鐗的大魔法。但想要讓龍停下來，對潘・法烏奴斯來說應該有難度。」

「那傢伙動作遲緩嘛。」

看來尤利西斯老師似乎想要抓到那隻龍。

但老師需要持續召喚潘・法烏奴斯，也得待在燈塔掌握全盤狀況，而耶司嘉主教則有保護學園島的工作。

那麼——

「只要能讓龍停下來就好了對吧，那麼就讓我接下這份工作！」

我舉手如此主張，尤利西斯老師和耶司嘉主教轉過頭來。

我身邊的托爾嚇一大跳。

連我也覺得自己瘋了。

「瑪琪雅小姐，這是什麼意思呢？」

「只要有紅之魔女的絲線魔法，或許就能抓住龍了。」

「小、小姐？但這邊距離太遙遠了。」

「那麼托爾，你帶我過去吧。」

「……咦？」

「我需要你的力量。」

我抬頭看身邊的托爾，咧嘴狂妄一笑。托爾慢慢睜大眼。

他似乎理解我的意圖了。

「但是，瑪琪雅小姐，這表示妳要接近那頭龍，這是極為危險的任務。」

「但現在能做到這件事的只有我了，老師，對吧。」

「……」

反倒該說除了我沒有別人。

在場能讓龍停止動作的，只有紅之魔女的絲線魔法。

我知道就算龍也無力招架那個魔法。

托爾在我身邊「唉」地大嘆一口氣抱頭苦惱。

「好啦、好啦，小姐只要決定好了就不聽勸，我用古里敏德帶小姐飛過去。特瓦伊萊特的魔法師可能會出手阻止，就讓我保護小姐不受敵人妨礙吧。」

「托爾謝謝你~你真不愧原本是我的騎士呢。」

「我自認為現在也還是您的騎士。」

托爾有點不開心。就連這也讓我好高興，我越來越有幹勁。

只不過，尤利西斯老師表情相當複雜。

「現在能做到這件事的確實只有你們，但這將會再次迫使兩位勉強自己。才剛剛打開門而已，也不知道接下來會出現怎樣的反作用……」

老師相當謹慎。他說我們現在還能活蹦亂跳，全多虧耶司嘉主教給我們吃了聖地大樹的果實，反作用遲早會出現。

但我也不願退縮。

「老師！我已經無法忍耐了。」

「瑪琪雅小姐……」

「在魔法學校的這一年，是我最棒的青春。我不想再讓任何人破壞，我無法原諒傷害尼洛、勒碧絲和弗雷的帝國……我想要找回我最愛的學校的和平。」

沒錯。不知為何，我湧出極度想要保護這個學校的心情。

也為了這一年，在學校裡一起學習魔法，共享苦樂的敵手、朋友們。

尤利西斯老師直直注視著我，接著看托爾。

老師大概也有什麼想法吧。

「我明白了，請兩位務必多加小心。以及請你們……保護這個學校。」

「好！」

我們用力點頭，急忙跨上托爾召喚來的古里敏德的背。

古里敏德雖然是擁有龍外型的精靈，但牠比現在控制天空的真龍體型嬌小，對主人忠心。

「小姐，還請抓牢我。要是跌下去，可沒有空閒去把您撿回來。」

「我知道啦，我會抓緊緊的啦。」

但如果我真的跌下去，托爾還是會來把我撿回去吧……

為了不讓這種事發生，我緊緊抱住托爾。

托爾確認後，下令古里敏德從燈塔起飛。

我至今也好幾次這樣抱住托爾，坐在古里敏德的背上。雖然已經習慣飛行的感覺，但只有這次無法悠哉享受飛行樂趣。

「嗚哇啊！」

一飛上天空立刻遭到攻擊，連從哪來的，是什麼攻擊也搞不清楚。

但確實感到衝擊，托爾用魔法牆擋住攻擊。

「小姐，您沒事吧！」

「沒、沒事！我沒事！」

「是特瓦伊萊特的魔法師，有好幾個人。」

大概已經預料到我們會嘗試接近龍，等在上空的特瓦伊萊特魔法師追加攻擊，我們千鈞一髮閃過攻擊。

「我、我、我們這樣下去有辦法接近龍嗎？」

「沒有問題，但可能會有點危險駕駛，還請您原諒。」

「呀……」

伴隨著急速下墜的感覺，我發出已經不成聲的尖叫。

接著急速上升又再次下墜，不停重複這個動作，我拚了命維持意識。

這要是弗雷肯定會「暈龍」，或許就連靈魂也不知飛去哪了吧……

「小姐，那頭龍噴火了，還請您小心熱風。」

「別擔心我，我可是【火】之寵兒啊！」

托爾明明近在身邊，卻因為風聲讓他的聲音好小。

龍根本不在意像小蟲子在旁邊飛來飛去的我們，只把潘・法烏奴斯視為敵人，朝魔神吐出牠累積在火炎袋裡的火焰。

火焰劃出螺旋越過潘・法烏奴斯的手臂，包覆他的臉和身體。

潘・法烏奴斯巨大的身體倒入海中，飛沫甚至噴到我們這裡來了。

但那也掩蔽敵人的視線創造出破綻，因為龍噴一次火之後，會有一段時間無法再噴火。

托爾沒有放過這一點，在空中設置冰牆。

冰之魔法與飄浮魔法是托爾的拿手絕技，而這也擾亂了龍的視線。

與之同時，我拿起準備好的小刀割斷自己的頭髮拋向空中。

在此高聲詠唱。

「瑪琪・莉耶・露希・雅——轉動吧，紅色紡車！」

轉動吧——

我的頭頂出現發出紅色光芒的魔法陣。

那一剎那——我的眼睛深處看見紅髮魔女的身影。

感覺時間不自然地緩慢流逝中，魔女呵呵輕笑拔起自己一根頭髮，接著讓頭髮如針般硬挺尖銳……

「——嚇！」

就在我取回意識時。

好幾重紅色光線以眼睛追不上的速度飛越天空。

硬如細針的紅線以冰壁當踏板、當中繼點貫穿龍的身體，將其縛綁。

啊，那已經是……紅血的針了。

「嘰啊啊啊啊啊啊啊！」

龍的驚痛吼叫響徹雲霄。

紅色絲線維持硬度，彷彿將龍縫在火紅天空中。

雖然用法和想像中有點不同，龍如遭鬼壓床般全身僵硬，只能在原地小幅度掙扎。

「太好了！紅之魔女的絲線魔法成功了。」

和先前用絲線纏繞目標並吊起來不同，而是加以應用的魔法。刺穿之後固定，原來還有這種用法啊……

為什麼使出魔法的本人我這麼驚訝啊。

是紅之魔女在我心底深處教我的吧。

「好厲害，小姐，您是從哪學會這種魔法啊？」

「咦？沒有啊，我只是使出絲線魔法而已耶……」

「龍的火炎袋無法發揮作用，那個絲線似乎也有抑制貫穿對象魔法的效果。」

「……咦？」

我還是第一次知道這種事，但那頭龍確實沒有試著噴火。

正如托爾所說，不只封印了龍的舉動，連火焰攻擊也封住了。

「那麼，我也不能輸給小姐。」

托爾單手朝天空舉高。

接著，托爾的手背出現一個方塊狀的小黑盒，那維持稍微飄浮的狀態，在原處不規則轉動。

托爾瞪著的，是暮色的火紅天空。

「托爾克・梅爾・梅・基斯——黑盒子，發動。」

他緊握高舉空中的手，人造的火紅天空劈哩啪啦碎裂。

彷彿貼在上面的紙張被撕掉。

「你……你到底做了什麼啊？」

我完全被嚇了一大跳。

「破壞空間。勒碧絲老師主要教我轉移魔法和破壞空間魔法，應該可說是特瓦伊萊特對策吧。」

據托爾所說，可能是受到我剛剛絲線魔法的影響，他感覺特瓦伊萊特領域變得不安定，所以他趁隙嘗試破壞。

開始從剝落的天空隙縫中，看見原本的藍天。

這是罕見的有趣光景，但現在可沒閒暇看出神啊。

「托爾，瑪琪雅小姐，趕快撤退！潘・法烏奴斯要施展大型魔法了！」

「！」

尤利西斯老師的聲音傳到這裡來。

轉頭看燈塔方向，尤利西斯老師單手拿擴音器指示著我們。

那個擴音器也是精靈做成的嗎……

「小姐，請抓好我，要撤退了。」

「好的！」

我忍不住禮貌回應。

下一秒——感覺頭頂上傳來尖銳殺氣，我嚇得抬起頭。

「去死吧啊啊啊啊啊啊啊啊啊！」

眼熟的獸耳。我記得是特瓦伊萊特魔法師中被喚作維達爾的青年，他利用轉移魔法出現在我們正上方，揮動巨大鐮刀。

不妙了。我剛使出絲線魔法的身體緊繃沒辦法立即反應。

我緊緊閉上眼，伴隨著激烈的空間搖晃，他的攻擊被擋下了。

我微微睜開眼，看見擋開敵人攻擊的綠色魔法牆……

「耶司嘉主教！」

受聖地庇佑的綠意之牆保護著我們。

只要進入耶司嘉主教的守護範圍內就安心了。

名為維達爾的獸耳魔法師邊不停叫囂著「竟然！竟然！」邊下墜，其他特瓦伊萊特的魔法師接住他，不打算繼續追我們。

敵人也發現了。

發現接下來即將發生什麼事。

接著，聽見尤利西斯老師冷靜得叫人害怕的聲音。

「就這樣成為偉大魔人的祭品吧。吞噬一切——潘・法烏奴斯。」

尤利西斯老師命令一下——潘・法烏奴斯肚子出現一個大洞。

那個洞看起來像個漩渦。

與之同時，掀起前所未見的強風。

「潘・法烏奴斯是風屬性大精靈，該不會要掀起龍捲風吧。」

「……要是被捲進去應該活不了了吧。」

大概有不好的預感，托爾命令古理敏德快點遠離潘・法烏奴斯。

我邊回頭確認狀況。

風越變越強，但那也在短暫胡亂狂吹後，全部逐漸往潘・法烏奴斯空洞的肚子收束……

「啊……」

那不是掀起暴風或龍捲風這類要吹散一切的風，而是「吸入的風」。

洞朝無法動彈的龍大開。

龍發出非常刺耳的聲音低鳴，但因為被紅之魔女的絲線魔法束縛，根本無法逃脫。牠就以被固定住的樣子，一點一滴往洞的方向被吸過去。

接著龍只留下「嘰嘰嘰嘰嘰嘰嘰——嘰！」的刺耳哀號，最後輕而易舉地被潘・法烏奴斯肚子大洞吞噬。真的漂亮地被吞進去了。

邊被這超震撼的光景吸引，我們平安回到燈塔。

「辛苦兩位了。」

「尤利西斯老師，那、那個到底是什麼……」

「那正是潘・法烏奴斯的風穴。」

「風穴……」

「沒錯。可以吞噬萬物的巨大洞穴。雖然是風屬性大精靈，比起掀起強風的暴風或是龍捲風，他更代表著吸力的風力。」

吸力……

「也就是吸塵器嗎？」

「嗯，可以這樣說啦。」

尤利西斯老師泰然地回答。

「如果無法鎖定目標，並且壓抑一定的風力，可能會連這個學園島和王都都被他吞噬，所以我很猶豫該不該用。但多虧有瑪琪雅小姐牽制龍的行動，我們才能巧妙地使出這一招……看，接下來可以看見更有趣的東西喔。」

「更有趣的東西？」

尤利西斯帶著童心未泯，孩童般閃閃發亮的眼神與表情，抬頭看火紅暮色逐漸剝落的路斯奇亞王國的藍天。我也順著他的視線看過去。

大型轉移魔法陣仍舊在那邊。

尤利西斯老師和吸塵器魔人的下一個目標就是它。

「上吧！潘・法烏奴斯！把敵人的內臟也全部扯出來！啊哈哈哈哈！」

「……老、老師？」

難得見尤利西斯老師如此興奮。我呆然以對，托爾則是啞口無言。

沒錯，潘・法烏奴斯的風穴接著轉而面對大型轉移魔法陣。

對帝國與特瓦伊萊特魔法師來說，沒有比這更預料之外的事情了吧。

吸力將大型轉移魔法陣後方的所有東西全部扯到這邊來，並被潘・法烏奴斯吞進肚子裡。

魔物、武器、魔法道具、士兵，以及其他各種東西。

大概是接下來打算要使用而準備的所有東西。

吸入時間僅僅一瞬，也有許多無法判斷的東西，真的是稀哩呼嚕、輕而易舉地吸入許多東西。

「啊……啊……」

看著眼前壓倒性強大的吸力，我從剛剛開始就只能發出不成聲的驚呼。

對敵人來說，沒有比這更讓人臉色鐵青的事情了。

巨大的轉移魔法陣反而成了最大的要害。

也就是說，敵方現在正透過大型轉移魔法陣將己方手中的底牌「送給敵國」。

特瓦伊萊特的魔法師們慌慌張張想要解除大型轉移魔法陣。

但展開時耗費大筆時間的大型魔法，想要解除也需要經過許多階段。

「被吞噬的東西……會變成怎樣啊？」

我無法眨眼看著這幅光景提問。

把萬物收入腹中的潘・法烏奴斯。

我很好奇他肚子中的東西上哪去了。

「之後當然有辦法取出，接下來我們就可以慢慢檢查帝國手中藏著什麼暗牌，又想要做些什麼……」

我終於理解尤利西斯老師說出想要活捉龍的意義了。

他原本就打算用潘・法烏奴斯的風穴全盤接收敵人的情報。

接下來，今後的戰況與戰略可能因而改變。

「喂，快看。帝國的大型轉移魔法陣要消失了。」

耶司嘉主教指著天空通知我們。

「是帝國解除的嗎？」托爾問道。

「應該是吧，表示國家機密繼續被我們奪走就糟糕了。看來我們成功接收了帝國留下來的禮物。」

尤利西斯老師此時的表情和他平常爽朗的表情不同，該怎麼說呢……

那是令我想起耶司嘉主教常掛在嘴上的「心機混帳王子」，帶著黑暗色彩的微笑。

「辛苦你了，潘・法烏奴斯。」

事情結束後，潘・法烏奴斯「轟……轟……」踏著震響大海與大地的腳步，慢慢朝燈塔方向走來。

他伸長脖子，臉朝燈塔裡探看，過度巨大的體型與壓迫感震撼我，讓我無法出聲。

只有尤利西斯老師露出感慨萬千的表情。

或許老師自遇見潘・法烏奴斯的「白之賢者」時代以來，就沒見過他這副模樣了。

「潘，我終於和真正模樣的你見面了。謝謝你五百年來守護著盧內・路斯奇亞，明明得那樣一直被關在鏡子中啊。」

「殿下，您在說些什麼啊。不，是白之賢者大人，那是吾輩自願所做之事。鏡子中令人意外地舒適呢，就是久居則安啦。」

不知道潘・法烏奴斯是從哪裡發出聲音，但那是平常聽見的本校校長的聲音。

尤利西斯老師與校長。

白之賢者與，大精靈潘・法烏奴斯。

守護盧內・路斯奇亞魔法學校直至再度重逢那天，白之賢者的部分精靈只是一逕地在此處等候，持續遵守約定。

過去校長告訴我們的這個故事……

沒錯。此時此刻，就是「白之賢者」與精靈們約定的承諾實現的瞬間。

「但真的太有等待價值了，因為得以看見三位大魔法師再次降臨，迎接開門的這一天啊。」

尤利西斯老師感慨萬千地微笑慢慢點頭。

「潘，回鏡子去休息吧。你肚子裡吞了那麼多怪東西，肯定很噁心吧。我晚一點一定會替你拿出來。」

「呵呵呵，那的確是會吃壞肚子的東西。但還請別顧慮吾輩。」

潘・法烏奴斯深深地彎下他無比巨大的頭一鞠躬。

「那麼，一路順風，門扉彼端的魔法師。」

被炫目的光線吞噬。

我感覺自己被轉移魔法移動到某個地方。

一段時間後，我慢慢睜開眼睛。

眼前聳立著一道巨大的石門。

那是刻上古老的古老的，遙遠以前梅蒂亞神話的，需要抬頭仰望的巨大門扉。

我還來不及搞清楚狀況，已經對這莊嚴的門扉看傻眼了。

不知為何，我感覺自己知道這扇門。

「大家都在嗎？」

聽見尤利西斯老師的聲音讓我回過神來。

環伺四周，尤利西斯老師和托爾也在。

托爾和我相同被眼前這扇門吸引。

「突然轉移真的很不好意思，原本就設計成召喚出潘・法烏奴斯之後，我們會被轉移到這邊來。」

「尤利西斯老師，那個，這裡是哪裡啊？」

「這裡是學園島迷宮的最底層──第五迷宮『眼瞳神殿』。」

老師嚴肅地說出這個地點的名字。

我記得我聽說過，得以進入最底層的第五迷宮的人，只有魔法學校的創建者們。

「眼瞳神殿就是被稱為三大魔法師的『黑之魔王』、『紅之魔女』與『白之賢者』創建這個學園島時，訂下各種契約的立誓之地。」

「立誓……之地？」

不知為何，我的心臟猛烈一跳。

尤利西斯老師轉過頭來面對我們，表情認真地說：

「潘・法烏奴斯是守護學園島的最大精靈，想要解除他的封印，就需要三大魔法師的第一咒語。而能夠解開潘・法烏奴斯的封印，正是創建這學園島的三位大魔法師的證據。也就是我和你們兩位。」

「……」

「那麼，就讓我們進去吧，門已經打開了。」

尤利西斯老師再次轉過身面對門，冷靜地詠唱：

「芝麻開門。」

巨大的石板門發出聲音朝左右滑開。

竟然是「芝麻開門」。

那是自古存在的開門咒語，梅蒂亞的孩子們都知道這個。

小時候讀過的故事中，說起開門時要詠唱的咒語，當屬這個。

現在已是過於古老，沒有人會用的咒語了，但五百年前的約定沉睡之處的這道門用「芝麻開門」一打開，總覺得讓人感到很不可思議。

勿忘童心。

感覺如此單純的魔法，就沉睡於此。

在尤利西斯老師帶領下，我們現在跨越了門扉的界線。

「走吧，兩位想要知道的真相……以及不得不知的故事，所有事情就沉睡在裡面等著你們。」

門扉彼端的魔法師。

只要跨過這扇門，就再也無法回頭。

沉睡於此的，是我們想知道的真相。

我們不得不知的故事。

始於知情後的，十位魔法師的故事。

第四話　門扉彼端的魔法師

門後有點寒冷，昏暗。

但在開門的同時，設置於四處的魔石點亮，讓我們得以看見空間的深處。

發出「喀噠喀噠」腳步聲往裡面前進。

那裡是寬敞，充滿莊嚴氣氛的神殿。

中央有樓梯，樓梯前有個人。

身穿異國軍服的金髮青年，我立刻知道那是誰了。

當我們走近，男子轉過頭來。

銳利的石榴紅瞳孔，仍然讓我胸口發寒。

因為那瞳孔的顏色，怎樣都會讓我想起自己的死。

「沒想到你會先行我們一步到這裡來，卡農・帕海貝爾將軍閣下。」

卡農・帕海貝爾——

福萊吉爾皇國的將軍，對我來說是在前世殺死我，有深仇大恨的男人。

尤利西斯老師似乎也對卡農將軍出現於此感到些許驚訝。

「為什麼你會在這……」

我不禁繃緊身體。

因為我聽說這個第五迷宮，只有學園的創建者得以進入啊。

「瑪琪雅小姐，解開潘・法烏奴斯的封印的同時，也解開第五迷宮的門鎖。也就是說，可以打開門鎖的只有創建學園的三位大魔法師。只要門鎖打開，接下來用基本咒語，誰都可以進來。就跟剛剛相同。」

尤利西斯老師簡單回答我的疑問。

「就是這樣。瑪琪雅・歐蒂利爾。我只是稍微比你們早一步來到這裡，只是在這裡等你們。」

卡農將軍用低沉平板的聲音說道。

「假設我們輸給帝國，沒有辦法來到這裡，你又打算怎麼辦呢？」

「如果那樣，我只有帶走這裡的東西藏起來了。因為這絕對不能被帝國那些傢伙奪走。」

「啊啊，原來是這樣啊，你仍舊是位謹慎的人呢。」

尤利西斯老師和卡農將軍說著我不知情的對話。

另一邊，托爾瞪著卡農將軍。

肯定是因為我表情緊繃吧。

為什麼卡農將軍會在這裡呢？

尤利西斯老師理所當然地接納了這件事，但我們兩人完全無法理解他在這裡的必然性。
接下來應該會明白吧，沉睡在這裡的東西，到底是什麼呢？
尤利西斯老師往前進，踏上中央樓梯，我和托爾跟著走。
卡農將軍讓我們先走，自己跟在最後方。
跨上無數階平坦的階梯，前方的高台上，有著發出淡淡光芒的三根柱子。
那是什麼。
「到了，這裡就是學園島的最深處。可說是盧內・路斯奇亞的心臟。」
「心臟……？」
「你們兩位，還請仔細看清楚，沉睡在學園島最深處的寶藏。」
「啊！」
柱子中夾著玻璃製成的筒狀膠囊般的東西，我們被膠囊細心守護的東西吸引。
撲通，心臟用力一跳。
被守護在玻璃膠囊中的東西。
渾圓，如寶石般燦爛，從右依序為紫色、黃色、藍色。
「眼珠……」

三顆眼珠。

以前尤利西斯老師曾經說過。

設立盧內·路斯奇亞魔法學校的這個學園島，是過去三位大魔法師各自提供自己能供給的東西後建造出來的。

其中就有三人的「眼珠」。

那就是，黑之魔王、白之賢者、紅之魔女——三大魔法師的眼珠。

鮮豔紫羅蘭眼珠，是黑之魔王之物。

沉穩橘黃的眼珠，是白之賢者之物。

而海藍閃耀的眼珠，是紅之魔女之物。

那個顏色和我們三人眼睛的顏色十分相似。

不對，與其說相似，倒不如說完全相同，連給人的印象也相同。

心情為之悸動。

眼珠正向我們傾訴。

「我們就是你們」。

雪國的獸群，

被折斷四肢後以鎖鍊相連，

成為黑之魔王的奴隸。

湖中的精靈們，

遭受欺騙後成為鍋中湯藥，

直到願意效忠於白之賢者。

美麗的少女們，

被施以火刑直到化為灰燼，

紅之魔女的嫉妒心有如紅蓮火焰般猛烈。

啊啊，真是令人畏懼。

位於門扉彼端的魔法師。

尤利西斯老師淡淡地唱出這國家眾所皆知的，三大魔法師的童謠的歌詞。

接著詢問呆站著無法從眼珠上轉移視線的我們：

「看見這個，你們仍舊無法置信嗎？不相信過去的三大魔法師就是我們。」

我和托爾因為無法平息的劇烈心跳，以及步步逼近的衝動而心緒不寧。接著不停重複自問自答，對靜不下來的焦躁感不知所措。

「殿下，這真的是三大魔法師的眼珠嗎？」

「這是當然，托爾。最右邊的紫羅蘭眼珠正是那位知名『黑之魔王』的眼珠。而你，就是那位『黑之魔王』的轉世。所以你才有辦法使用『黑之魔王』的第一咒語，以及祕術目錄的『黑盒子』。你看見這個眼珠沒任何感覺嗎？你肯定也絕不認為這是他人之物。」

「……」

托爾原本想說些什麼，又努力吞下肚。

明明不想相信，卻不得不信。無法否定。就是這樣的表情。

我看見他靜靜握緊拳頭。

「而最左邊的海藍眼珠就是『紅之魔女』的眼珠，瑪琪雅小姐，妳應該知道這和妳自身的眼睛相同吧。」

「……對，簡直像在照鏡子。」

我老實點頭。

因為我覺得這和我在梳妝台的鏡子前看自己的臉、化妝或整理頭髮時，每次都會看見的自己眼睛完全相同。

我沒有否定「相同」的第一印象。

尤利西斯老師點頭說著：

「這是當然。接受吧，只要接受了，妳就能取回前世的記憶，並能讓新的力量覺醒。而托爾也能取回失去的右眼。」

「這……這是真的嗎？」

對這句話產生興趣的不是托爾，而是我。

托爾為了保護我而失去右眼。

那是使出黑之魔王魔法的代價，而且以為那再也無法恢復原狀。

尤利西斯老師瞇起眼點點頭：

「在這裡的『黑之魔王』的眼珠，應該也能適應托爾的肉體。托爾，你不想要取回右眼嗎？」

「這……」

托爾似乎很迷惘。

尤利西斯老師看見托爾這樣，溫柔微笑說道：「還有時間可以考慮。」

「瑪琪雅小姐，妳似乎不怎麼驚訝呢。」

老師接著看我。

「……不，我很驚訝。但是──」

我把手擺在胸前，接著緊緊交握：

「耶司嘉主教也對我說過，我不能否定前世這東西，因為我記得我的上一世。」

「確實是這樣，妳曾經歷相當罕見的轉生。在『紅之魔女』之後，妳曾一度轉生到異世界去。而且話說回來，妳的靈魂為什麼會經過異世界再回來……我完全不明瞭其中意義。但是站在那邊的將軍閣下應該很清楚吧。」

尤利西斯老師的視線越過我們，看向另一個男人。

那個靜靜聽我們對話的金髮男子。

「白之賢者，你快點，現在可沒有閒功夫讓你閒聊。」

而卡農・帕海貝爾將軍本人仍舊淡然以對，絲毫不受尤利西斯老師所說的話影響。

但是，是啊。

「前世殺了我的男人」就在這裡。

或許我今天會在此得知前世死亡的真相。

我靜靜抱緊自己顫抖的身體。

「那麼兩位，如果已經做好接納前世的覺悟，請試著和我一起站在眼珠前面。」

「……咦？」

「你們兩位尚未以大魔法師的身分『歸來』，所謂的歸來，就是想起前世的記憶，想起如何使用自己的力量。就如同我和耶司嘉主教一樣。而這同時也代表，你們將獲得明白大魔法師為什麼要重複轉生……明白世界的祕密與法則的權利。」

世界的祕密與法則……

尤利西斯老師稍微低下視線。

「但若是沒有覺悟，還請別輕率行動。或許會因為得知而失去什麼；可能連自己的人格都會被前世吞噬，更重要的是，很可能只是徒增痛苦而已。」

我和托爾互相看著彼此。

歸來之後得到的東西，失去的東西……

我真的有這份覺悟嗎？不惜失去珍視的現在也要得知全部的覺悟。

前世、轉生、我能使出紅之魔女魔法的理由。

與我們相關的事情真相……

令我驚訝的是，托爾比我更早往前跨出一步。

「我願意接受，我想要力量，即使那是『黑之魔王』的力量。」

托爾斬釘截鐵說完，站在尤利西斯老師身邊。

他有確切非做不可的理由。

「力量啊，你一直都在追求著這個。但這也無妨吧，接下來，是否擁有大魔法師等級的力量，確實會大幅左右戰況。」

「我只是想要保護小姐而已。」

「這也是個好理由。」

聽到托爾和尤利西斯老師的對話，我也做好覺悟了。

「如果托爾決定接受，那我就不能退縮。」

方才為止我還非常不安，還覺得不能再更靠近眼珠一步。但在下定決心後，我一步又接著一步往前走。接著我也站在尤利西斯老師身邊。

「小姐，您不需要勉強自己接受。」

托爾隔著尤利西斯老師，從他身邊探出頭來對我說。

「我才沒有勉強，我想要知道，想知道我現在為什麼在這裡。」

雖然有數不清的疑問與謎團，但追根究柢，就是這個疑問。

為什麼我現在會在梅蒂亞世界中呢？

為什麼我們那時非死不可呢？

我不得不知的故事，又是什麼──

「托爾和瑪琪雅小姐，我明白你們的覺悟了。那麼兩位，請正眼注視著眼珠，在心中詠唱『另外一個』第一咒語。如此一來，就能想起隱藏在第一咒語中的前世之名。」

尤利西斯老師如此指示我們。

我閉上眼睛調整呼吸。

用力支撐自己不停顫抖的身體，慢慢睜開眼瞼，注視近在眼前的眼珠。

擁有鮮豔海洋藍的眼珠。

多麼不可思議的感覺啊，和自己完全相同的眼珠就在眼前。

我在心中吟唱。輕語。

瑪琪・莉耶・露希・雅——

這是，被稱為「世上最邪惡魔女」的「紅之魔女」的第一咒語。

隱藏在這咒語中，妳真正的名字是什麼？

「啪滋啪滋」，眼睛深處看見白色火花。

接著「呼……」感覺我的意識被吸進眼前的眼珠深處。

○

無窮盡的火紅夕陽天空。

倒映無窮盡火紅天空的水面。

除此之外沒任何東西，我就站在這種世界的中心。

自己倒映在水面上的模樣，並非學生制服打扮的瑪琪雅，而是身穿古舊紅色長袍洋裝的魔女。

那位魔女的頭髮，豔紅絲毫不遜於火紅夕陽，如同熊熊燃燒的烈焰。

海藍眼瞳在波浪捲的長髮間閃閃發亮。

她的表情，雖然與名為瑪琪雅的少女有相同臉孔，卻稍微成熟點，帶著無所畏懼的微笑。

我沒有自覺自己正在微笑。

只不過，倒映在水面上的那位魔女，將食指抵在嘴角上揚的紅唇上，稍微開口。

——瑪琪莉耶。

「喀嚓」記憶之門開鎖的聲音響起。

我想起來了，想起過去「自己的名字」是瑪琪莉耶。

在我認為那是自己名字的瞬間，我無從抵抗地承認了自己是「紅之魔女」的轉世。接納了倒映在水鏡中的人影，就是自己。

淚水靜靜湧出。

在水面上滴出漣漪。

淚水湧出，無可抑止地湧出。

壓迫胸口的悲傷感情，到底是從何而來？

但我知道這種感情。

這是最喜歡的人將要遠行時的感情。

倒映在水面上的魔女，也帶著無畏的笑容哭泣。她的表情和感情完全相反。

但因為我的淚水畫出漣漪，她的身影也逐漸消失。

「等、等等……」

我蹲下身體，雙手貼在水面上，尋找應該在水面下的魔女。

下一秒，自己的身體被水吞噬，我在溶入火紅夕陽的水中，看見過去的某個畫面。

『瑪琪莉耶，妳個性真的很乖僻耶，竟然邊高聲大笑邊哭泣。再稍微老實一點如何啊？』

在孤島的海岸邊。

一臉無奈，說出多管閒事建言的人是位白髮賢者。

『魔女大人！就是因為您老是說這種話，才會被誤解成壞魔女。街頭巷尾可是謠傳您會把從奴隸商人手上救下來的女孩們烤來吃耶！』

在鹽之森的小屋裡。

這個和自己有相同紅髮，短髮且語調活潑的人是誰呢？

『妳是……紅之魔女瑪琪莉耶嗎？』

戰場正中央。

金髮的年幼少年抓住我的長袍。

他的眼睛相當成熟，不是孩童會有的眼神。

『回去，這裡不是妳該來的地方。』

在北國的雪原上。

讓精靈龍隨侍一旁，說出口的話一點也不溫柔，戴著眼帶的黑髮魔王。

啊啊，原來如此。他和托爾好像……

記憶片段不停流逝。

宛如泡沫騷動我的靈魂後，立刻消失。

湧出懷念的心情，讓我想要更深層探索記憶，但我也害怕著想起更多。因為這份恐懼讓我眼前一暗。

為什麼呢？

深藏在心中的，是無法實現，唯一的愛意。

啊啊，對啊。

紅之魔女。

兩世前的我。

是一位對外的樣貌，與深藏內心的感情完全相反的魔女啊。

因為這樣被許多人厭惡，還被稱為邪惡魔女。就連面對喜歡的對象，都無法表達自己的心意。

所以才會冀望。

如果有來生，希望自己可以成為能把心意說出口的率真女孩。

因為我早已明瞭，有尚未表明心意就來臨的「別離」。

○

「你們已經回想起自己是誰了嗎？」

尤利西斯老師的提問，把我的意識拉回現實世界中。

我抓起制服長袍的袖子胡亂擦拭淚水。

「記憶……並沒有全部想起來，但是……我覺得我的靈魂已經接納了自己是『紅之魔女』這件事。」

語調緩慢，但我意外地相當冷靜回答。

彷彿只是抽出紀錄誰的一生的電影中的幾幕，剪接之後，從旁觀賞的感覺。

那個流星雨的夜晚，我回想起上一世「小田一華」的記憶時也是這種感覺。反而因為中間夾著小田一華時代，每個記憶都感覺很遙遠、很模糊。

即使如此，我仍哭得落花流水。

為什麼胸口像被挖了個大洞般，會如此難過、悲傷呢？

這是「紅之魔女」的感情嗎？

「托爾……托爾呢……」

我突然抬起頭尋找托爾。

他應該也和我相同想起幾個記憶了。

托爾接納了嗎？接納自己前世是「黑之魔王」。

「……」

托爾就在我身邊。

但他手摀著臉低著頭，沒說一句話。

淚水不停從他的眼睛，從他的指間滑落。

我還是第一次見到托爾如此哭泣。

「……托爾？你怎麼了？」

我非常擔心。

比起自己接納了前世這件事，托爾的淚水更令我心神不寧。

托爾沒有回想起齋藤徹的上一世，沒有辦法想像前世直接來到這一步。

他或許記憶相當混亂吧。

會不會不知該如何接納……

「這是怎麼一回事……」

「咦？」

「這是怎麼一回事，卡農・帕海貝爾！」

但托爾出乎我意料外喊出這個名字。

從他摀住臉的指間，凶狠瞪著站在背後的卡農將軍。

「為什麼五百年前你也在！殺了我……殺了黑之魔王的人，就是你！」

托爾這句話也讓我繃起表情。

這是怎麼一回事？托爾該不會也回想起「黑之魔王」時代自己的死，以及在那裡看見了卡農將軍的身影吧？我沒有看見自己死亡的那一幕。

但重點不在這裡。

殺死黑之魔王的人，歷史上只有一個，只有知名的「托涅利寇的救世主」。

難不成……

托涅利寇的救世主就是……

「正是如此，五百年前殺死『黑之魔王』的人是我。」

卡農・帕海貝爾將軍毫不隱藏，用平板的音色承認。

他石榴紅的眼睛冷淡看著托爾，相當乾脆地回答。

「不只『黑之魔王』，殺了站在那的『白之賢者』的人也是我。而和我一起自爆的人就是『紅之魔女』，一切皆如歷史記載。」

「……」

「但我殺的人不只你們，三百年前，將『藤姬』和『聖灰大主教』逼上絕路的也是我。」

「什……」

聽、聽不懂他在說什麼。

但是，在地球殺了小田一華和齋藤徹的就是這個男人。

我回想起這男人過去說過的話。

『無論投胎轉世多少遍，我必定都會取你性命。』

感覺這句話的意思逐漸解開了。

感覺尚未明白確切的答案，但就近在咫尺。

沒錯。

我，我們，不管上一世還是上上世，都是被這個男人所殺。

卡農將軍用仍舊毫無感情的聲音繼續對沉默的我和托爾說：

「你們已經明白了吧，我就是在歷史上利用各種身分，找出大魔法師等級的人並殺害，回收其靈魂的人。這一世也不例外，你們最後肯定也會被我所殺。」

「……是怎樣，你到底是怎樣！難不成要說你在歷史上數次出現，然後殺了大魔法師嗎？難道你是不老不死嗎！為什麼我們非得被你殺了不可啊？就連小姐……！」

總是冷靜沉著的托爾，現在完全喪失他的冷靜，用憎恨甚深的表情瞪著卡農將軍，不停拋出疑問。

這也是難怪。

因為他才剛看到前世的自己被這男人殺害的瞬間啊。

「各位，冷靜、冷靜，特別是你，托爾・比格列茲！」

聽見用力拍掌的「啪啪」聲，香甜氣味竄過鼻腔。

我們朝香甜氣味傳來的方向看過去。

階梯下方——出入口的大門前，有另外兩個人影。

柔順打出波浪的紫藤色長髮，那是福萊吉爾皇國的夏特瑪女王陛下。

而另一位是我很熟悉的耶司嘉主教。

「全部交給我們說明吧，小女子可是一直等著這扇門打開呢。」

夏特瑪女王身邊伴著翩翩飛舞的紫蝶如此說道。

意料外的人物登場，讓我跟托爾更加心慌。

「福萊吉爾的女王陛下，您為什麼……」

「沒有什麼為什麼，小女子也是轉生者。小女子就是三百年前的大魔法師『藤姬』。」

女王突然說出的真相，讓我忍不住摀住嘴巴。

藤姬——

那是三百年前，擁有聖女盛名的大魔法師。她的名字在現代也負有盛名，每年都獲得「最愛的大魔法師排行榜」第一名的殊榮。

而這位福萊吉爾的女王，確實曾說過她自己是「藤姬」。

我還以為她只是粉絲，但她現身在這個場面，也就表示……

「您果然也是大魔法師的轉世嗎？」

「正確答案，就是如此，瑪琪雅・歐蒂利爾。」

夏特瑪女王和耶司嘉主教走上與我們同高的地點。

而女王只和自己的臣子卡農將軍視線稍微接觸一下。

「卡農，已經要走了嗎？」

「對，敵人遲早會找到這裡來，因為門已經打開了。」

「那你就走吧，剩下的就交給小女子。」

「……好。」

卡農將軍穿過我們之間，站在鑲著收放眼珠的膠囊的柱子前方。

接著單手擺在三顆眼珠前方。

「……」

他沒有詠唱任何咒語，但我感覺到奇妙的魔力流動。

卡農將軍使出什麼魔法了。

下一秒，鑲在柱子裡的膠囊開啟，裡面的水流出來。

卡農將軍伸手拿起沉在膠囊底部的眼珠，逐一確認。

我也從後面看，眼珠四周已經變成結晶，宛如真正的寶石。

將軍把那收進懷中，另外兩個也相同。

「喂，你可別弄丟了。」

不知道他到底有沒有聽進耶司嘉主教的提醒。

「我在聖地等著。」

卡農將軍只留下這句話，抓住軍帽帽沿快步離開這裡。

這句話是對誰說的呢？

或者，是對在場的所有人說呢？

但他正眼也沒瞧我和托爾一眼。

「！」

其實我還有好多好多事想問這個男人。

托爾不知是和我相同，或是無法原諒什麼也沒告訴我們的卡農將軍。

他咬牙切齒，拔出長劍想要追上離開的卡農將軍。

「托爾，等等，請讓他離開吧。」

尤利西斯老師拉住托爾的手阻止他。

「但是，殿下！我還有很多事情要問那個男人才行！」

「我明白，但這兩位應該可以回答你的疑問。因為我當時也一樣。」

尤利西斯老師口中的兩位，就是夏特瑪女王陛下，以及耶司嘉主教吧。

夏特瑪女王呵呵一笑，妖豔地瞇起眼睛。

她的視線強而有力，托爾只能服從。

「托爾‧比格列茲，真乖。但一到此時，又不知該從哪說起才好。那麼，你們如果有問題想問小女子，就直接開口吧。什麼都行喔？就以此為基礎來說吧。」

夏特瑪女王陛下邊側眼確認卡農將軍已經離開此處，從懷中拿出蕾絲扇，輕輕抵在嘴邊。

有成堆的問題想問，但真的可以提問時，我們也不知道該從何問起。這件事情就是如此複雜……

所以我故意問了這個問題。

「女王陛下，可否容我發言？」

我拎起制服長袍輕輕鞠躬。

「我知道問這個問題非常失禮……但是夏特瑪女王陛下和耶司嘉主教，兩位不害怕、不憎恨卡農將軍嗎？」

「咦？」

「卡農將軍剛剛說過，『藤姬』和『聖灰大主教』也是被他逼上死路的……對吧？」

「嗯？？」

夏特瑪女王和耶司嘉主教彼此往相同方向歪頭。

接著眼睛不停眨呀眨。

咦？這是什麼反應？為什麼如此驚訝？

我問了什麼奇怪的問題嗎？

「噗，啊哈哈哈哈哈。」

而且他們兩位還噴笑出聲，忍俊不禁地捧腹大笑。

彷彿我問了個十分可笑的問題。

「那傢伙，竟然這樣對你們說啊？雖說是被他逼上死路，但是和你們五百年前組不同，我們三百年前組的死況不太一樣。小女子是在大眾面前被斷頭台處決，這是很知名的事情吧。」

夏特瑪女王陛下如此說，還搭配砍頭的手勢。

「我是自己拿槍爆頭自殺。」

耶司嘉主教大人如此說，還搭配拿槍射頭的手勢。

「……咦？咦？」

我非常混亂。

因為夏特瑪女王和耶司嘉主教都一臉平靜地闡述前世的死。

他們兩人的死法，都充滿悲劇、衝擊人心，根本不可能如此泰然。

「我們反而滿心感覺對不起卡農呢。」

「咦？」

「但我們之所以會這樣想，是因為我們知道那傢伙的苦衷。如果不知情，那傢伙就只是個大魔法師殺手。也難怪你們會恨他。」

女王與主教如此說。

他們兩人明明剛剛還那般捧腹大笑，現在卻是一臉認真。

「那請讓我換個問法，那個男人……卡農將軍的苦衷是什麼？為什麼他要殺害大魔法師？

而且還出現在各個時代當中。」

托爾似乎冷靜下來了，但他的表情僵硬，聲音也很低沉。

「這個嘛，要說起那個男人是誰，最有名的應該就是殺死你們的『托涅利寇的救世主』；或者是與我們同等，被視為大魔法師的其中一人，千年前的『金之王』。」

「金之王？」

嚇死人。只要在盧內・路斯奇亞魔法學校按部就班上過歷史課，絕對都知道這個名字。

金之王——

在約千年前的魔法黎明期，歷史上留名的大魔法師以一國之王身分君臨天下的時代。他和知名的暴君「銀之王」戰爭，並獲得勝利。最後把「銀之王」創造出來的魔法，從這世界的所有歷史上抹消的人也是「金之王」。

古老以前的大魔法師，就是那個卡農將軍……？

但確實是，大魔法師擁有以各自髮色為名的別稱，卡農將軍有頭金髮。

我也總是意識著那個人是「金髮男子」。

「那傢伙在各個時代，利用各種地位以及名字，將『大魔法師』逼入絕境並殺害。總而言之，聖地將那傢伙稱為『回收者』，關於這個，問熟悉聖地狀況的主教大人或許比較快吧。」

夏特瑪女王對身邊的耶司嘉主教使了個眼色，耶司嘉主教玩世不恭地回答：

「是啊，聖地和那傢伙，也算是一丘之貉啦。」

聖地是一丘之貉……？和卡農將軍？

「那麼，卡農將軍所做的事……殺害大魔法師這件事，對這世界是必要的事情嗎？」

「沒錯，難得見妳這麼敏銳耶，瑪琪雅・歐蒂利爾。」

耶司嘉主教調侃笑我，因為他覺得我是個超級遲鈍的女生。

但我還是不明瞭，為什麼殺害大魔法師是對這世界必要的事情。

「那麼，為什麼那個男人要擔負起『殺害大魔法師』的任務呢？」

托爾的疑問非常犀利。

我也覺得，這個問題正是將我所有疑問串聯起來的關鍵。

「因為那就是那傢伙的使命。」

「為什麼有那種使命？是被誰命令的嗎？」

「被誰？真要說被誰所命令，那就是……」

夏特瑪女王很諷刺地哼聲一笑。

但她的眼睛染上悲傷神色，微微動搖。

「那就是在場的『我們所有人』啊，最一開始的我們，把這個『使命』強壓在他身上。」

什麼？

夏特瑪女王陛下環視在場的所有人一圈後，抬起視線。

她所看的，是圍繞著這個空間一圈的壁畫。

梅蒂亞創世神話的壁畫。

十位神明橫列並排站著的那個壁畫，我平常也在禮拜堂或是教堂看過。

「一切的起源，可追溯回神話時代。」

夏特瑪女王陛下緩緩舉起一隻手，指著壁畫告訴我們。

我們想知道的真相。

我們不得不知的故事。

「睜大眼睛仔細看。大魔法師總共有十位，這個數字的意義就在那個壁畫當中。」

創造之神　帕拉・艾克羅梅亞

時空之神　帕拉・克隆多爾

戰爭女神　帕拉・馬基利梵

豐饒女神　帕拉・狄蜜特麗絲

精靈之神　帕拉・由堤斯

命運女神　帕拉・葡希瑪

法律與秩序之神　帕拉・托利塔尼亞

勝利之神　帕拉・格蘭蒂亞
災厄之神　帕拉・耶利斯
死亡與記憶之神　帕拉・海帝菲斯

我也抬頭看壁畫，定睛凝視，尋找真相。
接著我立刻發現了。
並排而站的神明人數，「十」這個數字的意義。
難不成……
大魔法師是……
「沒錯，如果你們還算敏銳，就如同你們現在所想像的一樣。」
耶司嘉主教邊低下頭，也露齒咧嘴一笑。
「畫在上面的人，就是重複轉生的『大魔法師』的真面目。最一開始的十人，我們的起源，就是創造這個梅蒂亞世界的，神明。」

創始的魔法師——

我想起十柱創世神擁有的另一個別稱。

「這怎麼可能，這種事情難以置信。」

一道汗水流過托爾臉頰，他不停搖頭。

「……」

我一句話也說不出口，和托爾完全相同心情。

光聽到自己是紅之魔女的轉世就已經超過我的負荷了耶。

追溯自己重複的轉世後，竟然會追到這世界的神明，這種事情任誰都無法相信。

那是太過遙遠，太久、太久之前的事了……

「哎呀，都會這樣啦。你們不相信也沒關係，我們也沒什麼真實感。真的有感覺的，頂多就上一世而已。」

「主教大人……」

「只是把自己的源流當作一個資訊，我明白你們現在很混亂，但如果不講到神話時代，就沒辦法說明卡農那傢伙的真面目啊。」

「咦？」

這是，怎麼一回事。

彷彿要接續耶司嘉主教的話，尤利西斯老師開口：

「是啊，那麼我們稍微上點神話的課吧，瑪琪雅小姐。」

尤利西斯老師突然切換成教師模式，就跟他平常上課時一樣點我回答。

我也反射性地回答「是的」。

「妳能回答，神話時代是為什麼結束的嗎？優秀如妳，應該還記得歷史課上學過的東西吧。」

「咦，啊。」

我可是才剛剛得知衝擊性事實，根本還沒有完全消化耶……

「是、是的。神話時代會結束，是因為神明們引發了被稱為『巨人族戰役』的最終戰爭。」

我有點慌張也冷靜回答。

「沒錯，巨人族戰役。引發愚蠢戰役毀滅了自己創造出來的世界，神明們反省自己的行為，並重新構築這個世界。接著為了不再重蹈覆轍，用許多『法則』束縛這個世界。」

「法則？」

其一，我們的靈魂，每數百年會隨機轉生。

其二，賦予靈魂回收者殺害我們的力量。

其三，賦予回收者從異世界召喚「救世主」的權利。

「嗯，其他還有許多法則，但說明這件事需要的只有這些吧。」

告訴我們法則的是耶司嘉主教。

也就是說，召喚愛理到梅蒂亞當救世主的人就是卡農將軍啊。

五月的那天，在學校屋頂上，我們三人被金髮男子攻擊這件事……

這全都是根據梅蒂亞的法則，決定好的事項。

「所謂的大魔法師，就是曾經為神的這些人，每數百年隨機轉生，推動歷史指針前進的存在。雖然已非神明，但也擁有超規格的魔力，因此被稱為『大魔法師等級』。如果沒有這些人，梅蒂亞這個世界就無法成長。但要是放任神明轉世不管，他們就能以龐大的魔力為糧食永遠活下去，最後會試圖控制這個世界……到那種地步，就只是個癌細胞了。」

耶司嘉主教頂著一張不像他會有的表情抬頭看壁畫。

「神明們大概這樣想吧，那樣一來只是重蹈覆轍。會再次引發巨人族戰役，世界又將迎接末日。」

「……」

「所以需要一個監視、記錄神明的轉生者，並在最適當的時刻殺害他們的存在。而被強迫接下這個辛苦任務的人，就是神明壁畫中『最邊邊的那位神明』。」

耶司嘉主教舉起手中的主教杖指著那個。

十位神明中，有九位側臉以對。

就只有最邊邊的那位神明，唯有他一人看著正面。

「瑪琪雅・歐蒂利爾，我以前曾對妳說過吧，只有這位神明看著正面的意義。」

「是的，主教大人。他……他的名字是帕拉・海帝菲斯，掌管死亡與記憶的神明。」

我邊說邊冒出「難不成」的想法。

卡農將軍，難不成就是……

「沒錯，卡農這個男人，追溯到神話時代，他就是掌管死亡與記憶之神的帕拉・海帝菲斯。殺害神明的轉生者，持續守護世界秩序至今的人。至於為什麼他會被交付這個任務，是因為只有這傢伙『有辦法保留神話時代以來的龐大記憶』，所以過去的我們，才會給予他殺死我們這些大魔法師的力量。」

我對這規模壯闊的話題沒有任何真實感。

但感受到狠狠打上胸口的衝擊。

如果他真的保有從神話時代的久遠以前，到現在的所有記憶，這是太過超現實，太過殘酷的事情了。

「為什麼一直瞞著我們這麼重要的事情到現在？」

「就算說了，你真的會相信這種事嗎？托爾・比格列茲。」

托爾閉上嘴。

雖然是自己問出口的，卻無法反駁夏特瑪女王陛下。

「只要你們對『前世』沒有自覺，根本無法相信這種事。是否擁有『被那個男人殺害』的記憶，是個相當重要的因素。」

確實如此。

因為我擁有小田一華的記憶，所以我知道卡農將軍是前世殺了自己的男人，而托爾並非如此。

但托爾現在明確想起「黑之魔王」是被那個男人所殺。

有些事情是在成為當事者後，才終於能相信。

「……唉，到此為止，先在這邊結束。雖然還有很多事情想說，但要是他們兩個腦袋爆炸失了分寸就麻煩了。」

「……」

耶司嘉主教看見我和托爾的樣子，判斷現在大概只能說這麼多真相。

還有好多事情想問。

但也確實希望能有一點時間讓我整理這些。

只不過，有一件事情我一直非常在意。

「……那個，我最後可以再問一件事嗎？」

我抬起頭，分別看了夏特瑪女王陛下、耶司嘉主教以及尤利西斯老師後提問：

「結果，你們到底希望我們做些什麼？現在對我們說這些話，也就是想要求我們什麼吧？」

感覺從一開始，他們就想要靜靜在旁守護著我們以大魔法師的身分「歸來」，一點一滴仔細地引領我們。

但是，大人們在這背後到底有什麼目的？

「呵呵，就讓小女子直說吧，我們想要借助隱藏在你們身體裡的大魔法師的力量。」

女王陛下雙手背在背後，大大方方告訴我們。

「接下來將要發生的，與帝國間的霸權爭鬥，絕對需要『大魔法師等級』的幫忙。已有預言表示十位『大魔法師』將在這個時代全數到齊，至於『十』這有限的數字會怎樣分散在世界各國，每個國家都想知道這件事。」

「……也就是說，十人中有幾個人是自己的夥伴，將會左右今後的戰況，是這樣嗎？」

「就是這樣，托爾‧比格列茲。」

夏特瑪女王陛下拿起手上的扇子直指托爾。

「帝國也找出幾個『大魔法師等級』並拉為盟友了吧。我們也需要盡可能多拉一位大魔法師到我們這來，運用其魔法組織戰術……」

但她話說到一半突然自己住口，搖搖頭。

「女王陛下？」

「不，不對，不是這樣。這只是身為皇國之王的小女子表面上的要求，小女子尚有其他目的。」

女王的話語、表情，彷彿正在表示，如果不坦承說出這些就沒辦法得到我們的信任。

「小女子只是想要……想要讓卡農解脫而已。讓他從必須殺了我們，這沒有終點的任務中解脫。」

接著，夏特瑪女王陛下再度抬頭看著高掛高處的神話時代的壁畫。

「太殘酷了。只是一個前世的記憶都讓小女子懷念得幾乎痛苦，那般悲傷，那般難過啊……」

「……」

「而他竟然得全部記得，不僅如此還必須要殺了我們。」

彷彿在苛責過去的我們，狠狠瞪著壁畫上的神明們。

但是，只有位於最邊邊，和大家看著不同方向的孤單神明不同。

只對著他，用很悲傷又很愛憐的眼神看著。

「這一世戰爭的最後，那個人……卡農・帕海貝爾將軍得以解脫嗎？」

我靜靜詢問。

「不清楚，但我想要找出來。」

女王陛下皺起眉頭微笑，她琥珀色的眼睛微微濕潤。

為什麼？

為什麼夏特瑪女王會如此為過去將自己逼上死路的男人著想呢？

我不清楚。

因為我只記得被殺死的前一刻，那男人冷酷的石榴紅眼睛。

那個男人現在仍是我恐懼的對象。

「小女子知道突然對你們這樣說，你們也無法立刻接受。如果已經想起被殺時的記憶，你們當然對卡農會有憎恨、恐懼等複雜的心情。不會要你們立刻接受，只是……像星星並排般『十人全員到齊的機會只有這一次了』。」

夏特瑪女王將扇子收進懷中。

朝我們走過來，在我們面前單膝跪地。

「咦……」

接著，一國女王手貼胸口對我們低頭。

在她這樣做之後，耶司嘉主教也同樣在她身邊單膝跪地低頭。兩人的舉動讓我們嚇得啞口無言。

「希望兩位請務必把力量借給我們，被譽為三大魔法師的偉大黑之魔王，以及，世上最邪惡的魔女……紅之魔女啊。」

他們兩位是地位遠比我們崇高的人物。

只要對我們下令就好，但他們絕沒有這樣做。

只憑這個舉動，就讓我感覺，自己被捲入了無比巨大的命運漩渦中，而且無法從其中逃脫。

而在我眼前的這些人，雖然委身漩渦中，卻仍想要抵抗。

第五話　我們的青春，與救贖物語

很久很久以前。

某個地方有紅髮的魔女、白髮的賢者，和黑髮的魔王。

這三位偉大的魔法師命中注定相識而相逢，但他們的感情不是很好。

卻也曾有過「認同彼此的實力或許也可以啦」的時期。

「你要在這種小島上建要塞城堡？賢者大人終於也醉心於權力，想要當王了啊？」

戴著三角帽的紅髮魔女任她的長髮隨海風飄逸，語氣充滿嘲諷地格格笑著。

「才不是呢，瑪琪莉耶。我想要建一間可以讓所有人自由學習魔法的學校。」

「魔法學校啊～」

紅髮魔女對白髮賢者說出口的話沒太大興趣，她輕輕拎起紅色長袍洋裝，踢飛沙灘上的貝殼。

但白髮賢者不氣餒。

接著轉而邀請盯著大海盡頭水平線看的黑髮魔王。

「你覺得怎樣？有沒有興趣？」

「哼，南國熱得我受不了，我要回去了。古里敏德也很難受。」

「咦、等等，等等啦。欸，你們好好聽我的計畫啦！這個計畫絕對需要你們幫忙！」

白髮賢者拚了命阻止想要坐上精靈龍的背離開的黑髮魔王。

「啊哈哈哈哈哈，賢者大人啊，你幹嘛這麼拚命。那種男人，別管他不就好了？那傢伙在自己的城堡蹲太久，很害怕外面的世界啦。就連在這和平的南國也無法待太久。」

紅髮魔女高聲大笑指著黑髮魔王，像是終於找到機會把他批評得一無是處。

而黑髮魔王也無法忽略紅髮魔女的挑釁，轉過頭狠瞪紅髮魔女。甚至特地停下打算回家的動作。

「紅之魔女，妳說什麼！妳這傢伙，是嫌哭不夠嗎？」

「哎呀，那可是我故意的。淚水可是女人的武器，而我的完全如字面所示。」

紅髮魔女得意洋洋說完，黑髮魔王從龍背上下來快步走到魔女身邊，雙手用力捏起她的臉頰往兩旁拉。

「咿！很痛、很痛、很痛啦！喂，你這傢伙，如此用力捏淑女的臉也太差勁了吧！爛透了！」

「爛透了也無所謂，還有，妳這傢伙真當自己是淑女啊？」

「你那什麼臉？有夠令人火大的耶！」

魔女痛得淚水直流，淚水滴落沙灘，變成圓圓的小鹽石。

如果有人錯認為珍珠而撿起來，就先說聲節哀了。

「啊，冷靜冷靜，你們別每次見面就吵架嘛。聖地要我阻止你們，你們也替我著想啊。要是你們打起來，一瞬間就能把這種小島炸飛。」

「你閉嘴啦！」

「你閉嘴！」

「……」

白髮賢者嘆了一口長長的氣，他真的十分辛苦。

因為勸紅髮魔女和黑髮魔王別吵架的任務，總是落在賢者頭上。

「所以叫你們別吵了……要我說幾次！」

轟聲巨雷落在沙灘上。

梅蒂亞自古以來就有句諺語說「即使聖者也事不過三」，正是如此，其實生起氣來最恐怖的就是白髮賢者。

因此紅髮魔女和黑髮魔王也無法拒絕白髮賢者的「請託」了。

「……唉，所以要蓋要塞城堡？在這種小島上？但這塊土地很難蓋出你心想的巨大城堡喔，地基太鬆軟了。」

「咦？是這樣嗎？」

「但只要有鹽之森的鹽巴，應該就能穩固地基了吧。只要讓那個魔女哭一哭就能立刻拿到。我的國家用了那個魔女胡亂流的淚水做出的鹽石蓋出相當堅固的城牆了。」

「你你你、你這個人，是把少女的淚水當成什麼啊！」

「少女是在說誰啊？」

白髮賢者安撫怒氣爆發的紅髮魔女讓她冷靜，已經習以為常了。

黑髮魔王似乎已經有了在這小島蓋什麼城堡的構想，快步踏入未開發的小島。

後世留名歷史的三位大魔法師。

這是他們年輕時，不為外人所知的故事。

三人共同完成的小島城堡，之後在魔法大戰中被當作要塞使用，但後來正如賢者所期望的，成為許多精靈守護的魔法學舍。

這就是盧內・路斯奇亞魔法學校的起源。

但他們無從得知。

他們擁有的特別力量，竟是創造這世界神明的力量。

也不知道因為帶著這股力量出生，將會引來金髮死神上門……

○

做了一個夢。

三個魔法師如孩童般在海邊嬉鬧，感情要好地吵架、聊天。這樣一個夢。

「……」

清醒了是很好，但遲遲發不出聲音來，身體也動彈不得。

全身痛得叫人詫異。

接受耶司嘉主教訓練後的肌肉痠痛也不曾如此嚴重。

「啊，對了，我在那之後因為猛烈的智慧熱昏倒了……」

不對，與其說智慧熱，那應該是尤利西斯老師擔心的「反作用」。

為了保護學校使用了龐大魔力，在那之後緊接著得知「這世界的真相」。

緊張感解除後，造成肉體強烈負擔。

「不得不知的故事，啊……」

我得知之後感到開心？感到悲傷？

「瑪琪雅小姐，妳醒了啊？」

身邊傳來聲音，是我很熟悉的聲音。

「……感覺每次醒來，尤利西斯老師總是在我身邊。」

身體無法動彈，所以我只有視線轉過去。

尤利西斯老師坐在床邊的椅子上，皺眉微笑。

「妳還願意叫我老師啊。」

「……這是當然，對我來說，老師就是老師。」

即使他是這個國家的王子。

即使他是，被稱為白之賢者的偉大魔法師的轉世。

「老師，我做了一個夢。那大概是紅之魔女的記憶，我之前也曾經夢過片段記憶，只是我不知道那是什麼而已。」

但我終於理解了。

「原來是這樣，那是我上兩世的記憶啊。」

我早已擁有上一世完整的記憶。

所以才沒想過「紅之魔女」的記憶，竟是再往前追溯「上上一個前世」的記憶。

「妳還沒有自覺自己就是紅之魔女嗎？」

「……這個嘛，感覺好像還是別人。但我從看見『紅之魔女』眼珠那一刻起，很不可思議地接納了那就是自己的前世。就跟我在流星雨那晚想起自己上一世時一樣。」

沒錯。我已經接納了。

只是不知該怎麼形容才好。

「但是，已經連我自己也不太清楚，自己到底是誰了……」

「……」

短暫沉默。

「那個，托爾呢？」

我這才想到，眼睛轉個不停環伺四周，但沒見到托爾。

看來他不在這個房間，他平安無事嗎？

「在大樹果實的效果失效後，托爾也和妳一樣昏倒了，他的魔力消磨狀況嚴重，在另一間治療室裡。但還請放心，他沒有生命危險，不久後就會醒來。」

「托爾的眼睛……」

「請放心。聽說可以暫時替他裝上魔法義眼，只要到福萊吉爾皇國去，也可能照約定替他移植黑之魔王的眼珠。前提是托爾有意願。」

「……這樣啊。」

老實說，我不知道能不能單純想著真是太好了。

但如果托爾能過著沒任何不便，一如往常的生活，也就暫時安心了。

「尤利西斯老師，謝謝你。」

「不，要道謝的是我們才對。」

老師低下視線，柔軟瀏海的陰影落在他的眼睛上，對我說：

「妳信任我，並且拯救了盧內．路斯奇亞魔法學校。我明明讓妳做了那麼勉強自己的事情啊。」

感覺老師對這件事相當後悔。

我用我能發出的最大聲音說「才沒有」。

「老師，才沒那回事。因為有老師在，我們才能擊退那個威脅。老師……老師是創建這個學校的『白之賢者』對吧。」

我終於用自己的話說出口確認了。

尤利西斯老師抬起頭，柔柔地微笑點頭。

我在夢中見到的白之賢者的微笑，和老師的微笑交疊。

「老師，白之賢者是紅之魔女的朋友嗎？」

「咦？」

尤利西斯老師有點驚訝，但他立刻呵呵笑著說：

「是的，沒錯。我也不清楚那種關係是否能稱得上是朋友，但我自認為是朋友。要說是好朋友也不為過。或許妳沒有那個記憶吧。」

「不。」

我也瞇起眼睛回想夢境內容。

「我在夢中見到白之賢者，他的頭髮比現在的老師還長，但和老師長得非常像。」

「……」

「白之賢者相當天真無邪地說他想要創建魔法學校，為此需要紅之魔女和黑之魔王的力量，拚命說服我們。閃閃發亮，童心未泯的表情。他們完全不像現代流傳的殘酷大魔法師，而是如同孩子般玩得很開心……」

「……是啊。」

「紅之魔女和黑之魔王一開始真的絲毫不贊同白之賢者的提議，但也逐漸變得積極幫忙。他們的樣子，看起來好像是知心好友一樣……對，就跟石榴石第九小組的組員們一樣。宛如彼此切磋琢磨精進魔法的同伴……」

老師靜靜聽我說話。

「該怎麼說呢，看著老師，讓我湧起非常懷念的心情。我想紅之魔女肯定也把白之賢者當成很重要的朋友。」

我邊說出這些不著邊際的資訊、感情，邊在心中整理。

最後突然找到這個答案。

紅之魔女肯定也認為白之賢者是很重要的朋友。

如果不是，就沒辦法那般一起歡笑，抱怨東抱怨西還是出手幫忙。

雖然我的記憶還沒完全恢復，但我知道這點。

而且，有些事情現在也能理解了。

尤利西斯老師有時對我說的話，其實隱藏著對紅之魔女說的話。

老師是從何時開始知道，我是「紅之魔女」的轉世呢？

「我接下來，會跟老師一樣……不停回想起過去嗎……」

窗外吹來輕柔的風。

就連風的氣味都讓人有種懷念的感覺。

如浪濤般上岸後又後退，懷念的感覺緊緊揪住胸口。

「只要到聖地去，那應該會成為很重要的關鍵。因為我就是如此，托爾……肯定也會全部回想起來。」

燃起小小的不安。

只有尤利西斯老師可以理解我的不安。

「瑪琪雅小姐，妳是不是認為，當妳完全恢復記憶後，妳的人格會被紅之魔女的人格取代呢？」

「老師……」

「但我認為，妳和托爾都不會被前世的人格控制，而會像現在這樣一點一滴慢慢回想起來。人本來就會改變，轉生之後仍沒有改變的我們才是異常。」

老師如此說。

如果是在人格尚未成熟的幼年期「歸來」，從那一刻起就會被前世的人格控制，感覺今生是前世的延續。

但我和托爾已經成長到一定年紀了才得知這個真相。

老師認為，到了這個年齡才想起身為大魔法師前世的人，應該不會被前世的人格控制。

我也稍微想了一下。

我和托爾曾歷經「在地球的人生」這相當複雜的轉生過程。

感覺我們確實不會被兩世前的人格控制。

「那肯定和『他』的盤算有所關聯吧，他或許想要一個不被前世人格控制，且擁有大魔法師力量的存在。」

「他……」

尤利西斯老師口中的「他」，肯定是指卡農將軍。

特地讓我和托爾的靈魂去了一趟地球再回來，肯定有著什麼理由。

將來有天會明瞭嗎？他會願意告訴我們嗎……

「瑪琪雅小姐，妳似乎還很疲倦，請再休息一下吧。」

大概是我露出詫異表情吧，尤利西斯老師要我再休息。

我最後問出一個很在意的問題。

「那個，盧內・路斯奇亞今後會怎樣？」

「盧內・路斯奇亞魔法學校受到前幾天事件的影響，預計會暫時停課。幸好正巧要進入漫長寒假，復原工程可以在這段時間內完成就好了……嗯，應該會花上一段時間吧。龍造成的損害似乎超越想像的大。」

「我把耶司嘉主教寄放在我這裡的鬼火放在宿舍寢室裡了，請問有辦法進宿舍嗎？」

「啊啊，那件事還請放心。那個鬼火已經在勒碧絲小姐護送下回到耶司嘉主教身邊了。」

「啊啊，是這樣啊，太好了……」

我鬆了一口氣。

雖然他到最後都沒有和我親近，但要是發生意外就太可憐了。

最糟也希望他可以自己逃跑，如果已經回到耶司嘉主教身邊就暫時安心了。嗯，先不論對鬼火來說，耶司嘉主教身邊是否為安全又和平的地方啦……

「那個，老師。」

「怎麼了，瑪琪雅小姐。」

「老師已經不當盧內・路斯奇亞魔法學校的老師了嗎？」

「……關於這個，我也非得從學校畢業不可了呢。」

尤利西斯老師此時的表情非常不捨。

老師把和紅之魔女與黑之魔王共同創建的這個學校，當成自己的孩子般重視。

在轉世之後，仍舊待在這個地方一直等著我們。

我此時終於理解這件事，突然感到泫然欲泣。

「但是一旦開戰，我就必須送盧內・路斯奇亞的畢業生上戰場當魔法兵及魔法騎士。在梅蒂亞這個世界中，每發生一次戰爭就會讓魔法有驚人的發展。這是因為許多魔法師都上戰場去了。我明明不是為了這個才創建魔法學校的啊。」

「老師。」

「我為了要避免這個時代出現戰爭……如果這太困難，就要把戰爭造成的傷害盡可能降到最低而離開學校。我絕對不讓自己的學生死在戰場上。」

尤利西斯老師緊緊握住自己的手，他的眼睛點燃下定決心的光芒。

啊啊，是這樣啊。

老師不僅依「白之賢者」的意志，他也以盧內・路斯奇亞的教師，尤利西斯老師的身分，想要保護這個學校的學生。

幾天後……

在我終於能從床上坐起身來時，有個訪客來探望我。

「瑪琪雅，妳感覺怎樣？」

「尼洛？」

尼洛到房間探望我時，身穿福萊吉爾的軍服。

我第一次看見尼洛這身打扮，不停眨眼了一段時間，從頭到腳徹底打量了他一番。

尼洛毫不在意我的視線，快步走到我身邊。

接著告訴我，他今晚就要離開路斯奇亞王國了。

「我要回去福萊吉爾皇國了，勒碧絲已經先回去了。她身為知曉特瓦伊萊特魔法的人，很早就接到回國命令了。」

「勒碧絲嗎？她受了那麼重的傷耶，還好嗎？」

「或許也該說『正因為如此』，她義肢受到的損傷得要回福萊吉爾皇國才有辦法修復。」

「聽、聽你這麼說確實如此……」

但發生那樣的事，沒想到沒辦法跟勒碧絲說上話就各分西東。

尼洛拿出一封信交給大受打擊的我。

信封上寫著「給瑪琪雅」。

這大方的文字無庸置疑是勒碧絲的字跡。

「勒碧絲給妳的，她要我把這封信轉交給妳。我想她其實也很想要等妳醒過來。」

「……」

我接下信封。

明明遭遇了那麼糟糕的事情，勒碧絲仍毫無歇息地不停行動。

狀況緊急到得在我醒來之前回去福萊吉爾不可。

我想現在立刻看勒碧絲的信，但我忍住了。

要是現在大哭，尼洛應該會很傷腦筋。因為尼洛今晚也要離開這個國家了。

寂寞的感覺一點一滴湧上心頭。

石榴石第九小組，就這樣兵荒馬亂地各奔東西……

「但你做起軍人打扮彷彿變了一個人耶，該說成熟嘛……你這身衣服好帥氣。」

我為了轉移這股寂寞的心情，調侃了尼洛的軍服打扮。

接著毫不客氣地在尼洛的軍服上東摸西摸。

尼洛面無表情地任我亂摸。

「妳有聽聞我什麼事情嗎？」

「嗯？啊啊，你是艾爾美迪斯帝國王族的事情嗎？」

「……」

「聽說了喔，你果然是王子嘛。」

「果然？」

「我之前對你說過吧，應該是舞會上跳舞那時。『你真的是庶民嗎？』之類的。」

「……這麼說來，或許有這一回事。」

「因為你就算安安靜靜的，也散發出無可隱藏的高貴和存在感啊。你可瞞不過我的眼睛。」

尼洛皺起眉頭微微歪頭問：「是這樣嗎？」就是這樣啦。

但他的表情帶著些許憂愁。

「妳不會瞧不起我嗎？我是敵國的王子。」

「……咦？」

「毫不講理突襲盧內．路斯奇亞魔法學校，造成學校莫大傷害的國家就是我的祖國。雖然帝國說這是特瓦伊萊特一族獨斷獨行，想完全撇清關係，但每個國家都很明白，帝國隨時都想要發動大型的侵略戰爭。」

看似毫無感情的說話方法，但我看見了，尼洛的眼角偷偷用力，也偷偷握緊拳頭。

尼洛確實是艾爾美迪斯帝國，可說是現今世界之敵的侵略國家的王子。

在他身分明朗後，確實出現對尼洛沒有好感的人。特別是這個國家才剛因為帝國突襲而受到莫大傷害。

但是……

「尼洛就是尼洛。我認識的尼洛，是很聰明，什麼都能做出來，但也有點天然呆，非常可靠的石榴石第九小組的組員。」

「……瑪琪雅。」

「只是同齡的普通男生喔。不對，一點也不普通，你是天才嘛。但是對我來說，尼洛是無可取代的組員、同伴、朋友。就算你是敵國的王子，也無法顛覆這些。當然啦，也是會不禁想像你也遇到很多事情吧……」

不禁去想像。

從他人口中聽到的尼洛的人生，並不容易。

因為政變，他失去家人、地位以及歸處。

儘管如此，他現在仍舊背負著帝國王子的命運。

老是一臉事不關己的尼洛，竟然懷抱著如此沉重的事情，不久前的我根本無從得知。

「但是啊，我自己也是『紅之魔女』的轉世耶。不只是這世上最邪惡魔女的後裔，說我就是當事者都要嚇死我了。但你看待我的眼神變了嗎？」

現在在我面前的尼洛，對待我的態度和先前完全沒有不同。

聲音、話語和視線都沒不同。

他肯定也聽說我就是「紅之魔女」的轉世了。

但就是這麼一回事。

就算我們暴露了彼此的「真相」也沒任何改變，由此可知我們這一年來建立了多麼深刻的緊密關係。

尼洛的表情也稍微放鬆變得柔和。

而我終於發現了，他稍微有點緊張。

「是啊，瑪琪雅就是瑪琪雅，妳還是妳真是太好了。」

「對吧、對吧。」

「但即使妳容許，我也已經無法繼續待在這裡了，因為這原本就是只有一年的任務……」

「那是什麼任務？」

「讓妳和弗雷相識。」

「……」

「勒碧絲和我雖然沒見過幾次面，但我們認識彼此。因為我們不知道彼此任務的內容，為了試探她的反應，我還刻意主動說出特瓦伊萊特一族是『黑之魔王』後裔的話題。」

「啊，這麼說來確實有這件事。」

我之所以知道特瓦伊萊特一族是「黑之魔王」的後裔，是在尋找藥草的校外教學中，尼洛提及了這個話題。

如果沒發生這件事，勒碧絲或許會一直隱瞞自己是「黑之魔王」後裔的事情。

現在回想起來，勒碧絲直接指導自己祖先轉世的托爾魔法耶……

「勒碧絲除了指導托爾・比格列茲魔法之外，肯定還有監視我的任務吧。」

「……這樣啊。」

勒碧絲也說她是在福萊吉爾女王陛下的命令下來到盧內・路斯奇亞魔法學校的。

這樣啊，他們兩人打從一開始就知道所有事了啊……

「但是啊，瑪琪雅，只有這點我能明言。就算背後有很多算計，但團結起石榴石第九小組的人確實是妳。」

「尼洛……」

「妳選擇了我們，而我們也選擇了妳。我們共同度過的這一年，不是被誰所策劃出來的。這之中有單純的友情和青春，那是我原本無法得到的，光彩炫目之物。」

我慢慢睜大眼。

尼洛稍微皺眉，輕輕微笑。

「我每天都過得好開心。你們比我想像的還要更加重要。你們對我來說，是第一個能稱作朋友的人。如果沒有瑪琪雅拉著我們前進，我想我們肯定無法如此享受校園生活，也沒辦法建立起親密關係了。」

「尼洛……」

接著，尼洛朝我伸出手。

「瑪琪雅，我打從心底尊敬妳，真的很謝謝妳。」

尼洛這句話，緊緊揪住我的心胸。

我回想起過去在那個玻璃瓶工房中邀請尼洛加入小組的那天。

那天，確實是我找到他，接著伸出手對他說「讓我們交朋友吧」。

「我沒想過你會對我這樣說，我這一年也過得非常開心，我好喜歡石榴石第九小組，好喜歡你喔，尼洛。」

接著，緊緊握住尼洛的手。

明明想著不能哭，但愛哭鬼的我還是哭出來了。

我們確實孕育出純粹的友情。

即使彼此背負著沉重的過去、狀況與命運，仍像個普通學生盡情享受校園生活，當我們發現時，石榴石第九小組已經是大家最重要的歸處了。

將來無論發生什麼事，我們的青春歲月絕不會褪色。

那肯定會成為今後支持我們的力量。

「我們還能再見面吧。」

「如果妳會來福萊吉爾，肯定馬上就能見到面。我在那個國家等妳。」

接著我們放開手。

尼洛轉過身去，毫不迷惘地邁步離開我的房間。

那個背影和平時的尼洛不同，是抱著巨大覺悟的大人背影。

或許也因為打扮吧，和盧內・路斯奇亞學生的尼洛相比，言行舉止完全不同。

尼洛已經看向下一個階段了。

給親愛的瑪琪雅：

瑪琪雅讀到這封信時，我應該已經不在路斯奇亞王國了。

請原諒我。

原諒我什麼也沒說就離開。

我非常感謝那般拚了命來救我的溫柔夥伴們。

我知道我得親口告訴大家許多事情，但我還沒做到這件事，就得以罪惡深重的特瓦伊萊特一族的身分回去福萊吉爾。

瑪琪雅在知道許多真相後肯定很混亂吧。沒辦法待在瑪琪雅身邊讓我感到無比不甘。

我清楚記得第一次見到瑪琪雅那天的事情。

我懷抱著巨大任務以及決心，待在那間學校的，女生宿舍的房間裡。

打開窗戶，想著好久以前拋下的故鄉以及同胞，抬頭看著和平的王國天空。

就在此時，瑪琪雅妳出現了。

我一開始就知道妳，我會和妳同寢室，大概也是原本就安排好了。

黑之魔王的後裔。

以及紅之魔女的後裔。

預料我們祖先的魔法會成為今後戰爭關鍵的人們刻意安排，讓我們彼此注定相識而相逢。

但是，瑪琪雅。

那天，什麼也不知情的妳，撫拭了我的痛苦。

即使看見我的義肢，仍是率直真誠的妳，朝我伸出援手成為我的朋友。

我真的打從心底感到好開心。

妳那如太陽般燦爛的笑容，給我勇氣的開朗聲音，彷彿能開創命運的積極行動，不知不覺中感化了我，讓我無法從妳身上別開眼。

那並非因為妳是和我境遇相似的，紅之魔女的後裔。

大概就跟妳毫不在意我黑之魔王後裔的身分，我平常也忘了妳是紅之魔女的後裔。

瑪琪雅就是如此，光只是瑪琪雅就充滿魅力。

只是待在妳身邊，就能讓我忘記自己的復仇與憎恨，可以單純當個瑪琪雅好朋友的勒碧絲。

請妳千萬別忘記。

將來，當妳痛苦得無以復加時，我一定會去幫妳。

即使要我捨棄我所有的使命，我也會支持妳。
在我幾乎要被憎恨吞噬時，謝謝妳讓我知道我不是孤單一人。
謝謝妳拯救了我的心。
謝謝妳當我的朋友。
我好喜歡妳，我全心全意信任妳。
到我們再相逢前，請妳務必珍重。

瑪琪雅的好朋友　勒碧絲・特瓦伊萊特

「……」

打開信封前就有預感了，我果然止不住淚水。
勒碧絲是用怎樣的心情寫下這封信呢？
不怎麼表達情緒的她，竟然投入如此多的心思，寫這封信給我。
這讓我非常高興。
以及感到深切的情誼與感謝。
有好多事情到前幾天之前，都覺得理所當然會在身邊，根本沒有多察覺。

沒想到，會因為差點喪命的大事件，讓我得知石榴石第九小組同伴們的友情與愛情，還有深藏內心的心意。

因為有你們，我才能當個單純的瑪琪雅・歐蒂利爾。

尼洛、勒碧絲……

以及——

「喂～組長～」

我邊讀勒碧絲的信邊淚流滿面，就在我擤鼻水時，跑來我房間的人就是弗雷。

總覺得弗雷似乎在鬧脾氣，一屁股坐在病房裡的沙發上，接著眼尖地發現信。

「那是勒碧絲的信嗎？」

「咦、啊……嗯，弗雷也收到了？」

「是啊。」

接著弗雷給我看了一張紙條，上面用勒碧絲大方的字跡寫著：

弗雷同學，大概算是受你照顧了。

你就差不多自行保重吧。要是對瑪琪雅出手就斃了你。

勒碧絲仍然對弗雷毫不留情。

我邊苦笑邊把自己的信收回信封中。

「然後弗雷，你是怎麼了？幹嘛一臉鬧彆扭的樣子啊。對勒碧絲的信很不滿嗎？還是又和吉爾伯特王子吵架了？」

「才不是咧，只是，該怎麼說呢，唉。」

弗雷「唉唉唉～」嘆了好幾次氣。

到底是怎樣啦。

「因為啊，大家都要離開了對吧。」

「……」

「只有我一個人被丟在路斯奇亞王國。勒碧絲和尼洛那傢伙，大家都回福萊吉爾去了。而且連組長也快要去福萊吉爾了，我接下來該怎麼辦才好啊。」

弗雷頭靠在沙發椅背上看著天花板，開始碎碎念抱怨。

「你該不會是感覺寂寞了吧。」

「很寂寞。」

弗雷還真老實。

太老實了，正因為如此，可以知道他是真的很寂寞。

弗雷和尼洛相同，把石榴石第九小組當作歸處。

我有點迷惘，不知該對弗雷說什麼。

只是，有件事我很確定。

「你也是這個國家的王子耶。可能將來有天會被派去福萊吉爾，如果你繼續走這條路，我們的命運肯定會再次交集。絕對不會有再也見不到尼洛及勒碧絲這種事情發生。」

弗雷看著天花板，靜靜聽我說話。

「剛剛尼洛說了，尼洛是為了讓我與你相識才來路斯奇亞王國。這句話的意義，你應該也很明白吧。」

「……啊啊。」

接著如此小聲回應。

我原本以為只有弗雷沒有任何改變，但弗雷似乎也以他的方法有所自覺。

今後他可以做到什麼，該做什麼。

「欸，弗雷，你和尼洛彼此都是大國的王子。這份羈絆肯定會改變未來，我有這種預感。所以你要做好走上這條道路的覺悟。我也不會逃避，會好好面對自己的……命運。」

「……組長。」

「我們一起持續敲響鐘聲吧。就讓我刻意這樣說。」

這是艾莉西亞王后所說的話，我覺得是現在的弗雷最需要聽到的話。

弗雷緊緊注視著我，再次沉默，只是繼續留在這裡。

在他能安心的地點，盡情地糾結掙扎。

所以我也沒有趕他出去，因為很閒，我還把頭髮編成辮子。

「欸，組長，妳會馬上回來這個國家吧？」

弗雷突然開口問。

「嗯？嗯——我記得吉爾伯特王子說了大概要半年。但要是待在福萊吉爾時開戰，就不知道會怎樣了。」

戰火早已點燃。

前陣子帝國突襲學校，帶給和平的路斯奇亞王國巨大衝擊，也讓世界各國產生危機感。

帝國似乎表示突襲學校是特瓦伊萊特一族的獨斷獨行，但任誰都明白這是睜眼說瞎話。

正式的戰爭隨時可能爆發。

「既然如此、既然如此，那個……」

在我一臉凝重思考這思考那時，不知為何，弗雷突然扭扭捏捏，坐立不安起來。

「組長，妳對王妃有沒有興趣？」

「咦？王妃？」

這什麼無厘頭的提問啊。

我還以為我聽錯，把手貼在耳朵上。

弗雷仍然扭扭捏捏、坐立不安。

「其實，其實啊。鄰近各國對帝國的警戒已經達到頂點，連我也收到一大堆友盟國王族求親，雖然先前也有，但和現在的數量根本不能比。而且兄長們認真要替我選對象。那到底是怎樣啦？我當然很清楚自己的身分一定得政策聯姻，但我不想要和完全陌生的女人結婚啊。然後我就想，如果是姑且也算是貴族的組長，國王和兄長們應該也願意接受吧。」

「你、你……」

「如果不是組長這種理解我，願意接納我沒用的一面，願意照顧我鞭策我的女人，感覺我不行啊！」

「……」

「拜託妳啦啦啦啦啦，當我的王妃啦啦啦啦啦啦，組長啊啊啊啊啊。」

這傢伙不行了。

因為太過寂寞、不安、沒依靠讓他陷入混亂，最後終於脫口說出希望娶我為王妃了。

明明就是個喜歡大姊姊的多情男子，明明老是說我不是他的菜，在這種局面中卻捨棄了戀愛選擇安心感……

王子大人這樣求婚好嗎？不，絕對不可以。

我傻眼得倒退三尺。

「弗雷，你這傢伙，原來躲到這裡來了！」

房門被用力打開，長髮王子突然現身。

「呃！」

「你這傢伙，快想辦法治好一遇到討厭的事就逃跑的壞習慣！而且還跑來賴著大病初癒的瑪琪雅・歐蒂利爾，你真是太沒用了！」

吉爾伯特王子憤慨萬千。

他的黑眼圈厚重，大概從那場騷動後不眠不休地為國家工作吧。

我懂他想要責罵弗雷的心情。

「弗雷，你接下來非做不可的事情堆積如山，身為路斯奇亞王國的王子，得把你落後的帝王學全塞進身體裡……」

「呀啊啊，住手，住手啦啦啦啦。我還只想當個悠哉的學生啦啦啦啦！」

吉爾伯特王子想拉著吵吵鬧鬧的弗雷離開房間，而弗雷使出【地】之寵兒的所有看家本領緊緊黏在地上。

吉爾伯特王子邊又扯又拉著弗雷，邊對在床上的我說：

「瑪琪雅・歐蒂利爾，吵吵鬧鬧的真是太丟臉了。妳的身體沒事了嗎？」

「啊，是的，託你的福。」

「這樣啊……前幾天真的辛苦妳了，好好休養。」

沒想到那個吉爾伯特王子竟然會開口慰勞我耶……

我們之間的關係也從一開始的劍拔弩張變了許多。

「那個，愛理也很擔心妳。」

「咦？」

「如果妳願意，希望妳可以和她說說話。」

一陣輕風從打開的門外吹進來。

我隱隱約約看見門邊出現熟悉的栗子色頭髮和制服。

在吉爾伯特王子奮鬥下終於把弗雷拉出病房，身邊變回安靜之時，我朝一直站在門外的愛理開口：

「愛理，妳在那裡吧？」

「……」

「不進來嗎？」

愛理靜靜現身。

手上似乎提著竹籃。

她走進房間後關上門，站在我的床邊。

「瑪琪雅。」

「……愛理。」

我們注視著彼此，呼喊彼此之名。

接著又繼續沉默。

愛理似乎想要說些什麼，但遲遲無法說出口。

所以，就由我先開口。

「我聽說愛理用魔法保護了學校的學生們，謝謝妳，謝謝妳保護了我的朋友。」

「……啊！」

愛理身體一震，淚水開始在她的眼眶蓄積。

「對不起……對不起……瑪琪雅。」

「愛理？」

「對不起，小田同學……」

「……」

我從她手上的竹籃中稍微看見似乎是飯糰的東西。

嚇了一跳。接著我理解了。

愛理已經承認了我就是小田一華。

愛理哭個不停，不停、不停哭泣。

看來她沒辦法繼續說話，所以我提議：

「欸，愛理，要不要去外面？王宮沒有屋頂嗎？」

「屋頂？」

愛理吸了吸鼻子。

「有喔。嗯，走吧。但妳可以動嗎？」

「我不是受重傷，差不多也想活動活動身體了，難得天氣這麼好，今天也很溫暖啊。」

我走下床。

大概太久沒走路腳步有點不穩，愛理立刻攙扶住我。

愛理好像十分擔心。

從她的視線中感覺不到過往的敵意。

現在和愛理在一起，總有種「田中同學」和「小田同學」那時的令人懷念的感覺。

王宮的屋頂，比我們高中的屋頂還高。

但只有藍天，不管在哪個世界都相同。

看見穿著高中制服的愛理在這裡，就讓我錯以為自己和那時相同，也還是日本高中生的小田一華。

當然我現在是住在路斯奇亞王國的瑪琪雅・歐蒂利爾。

在屋頂的椅子上坐下，我們打開愛理拿來的竹籃。

「該不會是美乃滋鮪魚飯糰吧？」

「……嗯。」

「好厲害，還包著海苔耶！不管我怎麼找都找不到海苔，妳是從哪找來的啊？」

我眼睛閃閃發亮，高高舉起包著海苔的美乃滋鮪魚飯糰。

「我拜託吉爾替我從東國的店家買來的，但讓王宮裡的人吃了之後，大家都露出很奇怪的表情。」

「啊哈哈，可以想像，我的小組員肯定也會那樣，他們連酸梅也不太能接受。」

「是嗎？沒吃習慣果然不行啊。」

「啊，但是美乃滋鮪魚飯糰似乎很容易被接受喔，我的小組員也很喜歡。」

接著我大口咬下美乃滋鮪魚飯糰。

久違的海苔讓我無比感動。

「啊啊～好好吃！海苔果然很重要啊，飯糰一定要搭海苔，我今天百分百確定了。」

「……美乃滋鮪魚飯糰是我和小田同學最喜歡的飯糰呢。」

「沒錯沒錯，然後只有齋藤喜歡酸梅飯糰……」

說出口後突然嚇得住口。

因為愛理和我一樣喜歡齋藤。

「嗳，瑪琪雅。」

但愛理語氣平靜地問我：

「托爾，就是齋藤同學對吧？」

「……」

我抬起頭。

無法眨眼，而且大概用十分驚訝的表情看著她。

因為，那……

那是除了我以外沒人知道的事情啊。

「我偷溜出王宮時，曾經去過魔法學校的工房。妳有聽尼洛同學提過吧？我那時吃了瑪琪雅做的酸梅，然後才發現了。」

愛理抬頭看著藍天說道。

「啊啊，原來是這樣，小田同學現在也還喜歡齋藤同學啊。」

那時愛理的表情感覺相當凜然。

「愛理，妳……」

「瑪琪雅，對不起。」

不知為何，愛理向我道歉。

「我有好多事情要道歉，向瑪琪雅，向小田同學道歉。」

應該是以為我是壞魔女那件事吧。

還是沒發現我是小田一華的轉世呢？

「其實我沒有喜歡齋藤同學。」
「咦？」
「我喜歡的人，愛上的人，是小田同學。對不起。我當時想，如果小田同學被齋藤同學搶走，我就會變得孤單。然後想……如果湊合你們的人是我，那我就可以永遠待在你們身邊。」
「……」
「但是卻發生那種事情，都因為我雞婆。你們兩個幾乎等於是被我殺了……」
愛理聲音顫抖，含淚赤裸裸告白。
那大概是她一直深藏於心底的心意，以及罪惡感。
「愛理……」
我和齋藤會死，不是愛理的錯。
我們兩人會死，就算不是那個瞬間，也是早已注定的事情。
正因為現在得知梅蒂亞的真相，我知道。
愛理肯定也聽說這件事了。
但並非如此。愛理認為是自己的錯的自責心，或許起因於對這份愛意的愧疚感。
什麼也不懂的人是我
完全不知道愛理真正的心意，我……
「愛理，謝謝妳。」

「咦？」

我並非否定愛理的道歉，只是只是，最先感謝她。

「只有妳一個人發現了托爾心中的齋藤。」

「……」

就連他本人都不知道，我也沒打算說。

前一世的他。

沒錯，應該沒任何人知道的托爾的上一世，只有愛理發現了，她找到齋藤了。

「愛理，我偶爾……會搞不太清楚那個世界是不是真的存在。現在對我來說，地球的日本如夢似幻般遙遠。但那個世界確實存在，小田一華確實曾經在那裡，齋藤也是。我那個時代的戀情、人生確實就在那裡……因為愛理來到梅蒂亞，所以我才能相信。」

之所以能相信在地球的生活是真的，全因為田中同學，愛理就在這裡。

因為愛理絕對肯定了小田一華和齋藤徹的存在。

如果不是這樣，發生在那個時代的事情，今後只會逐漸褪色。

因為我在地球的人生，簡直只是個中繼點啊。

對這個世界更重要的是「紅之魔女」的記憶，被這個時代眼花撩亂的生活壓迫，地球的記憶會不停被趕往記憶角落。

但是因為愛理就在這裡，我可以不遺忘那個時代。

今後也永遠不遺忘。

「欸，妳為什麼會來這個世界？」

我重新問了愛理。

「……很丟臉，我是從現實中逃過來的。」

愛理緊緊握住膝蓋旁的裙子，低下頭。

接著開始說起，在我和齋藤被殺之後發生的事情。

那個事件帶給人們很大的衝擊，似乎引起社會一陣騷動。

這也難怪，學校裡發生了無法解釋的殺人事件啊。

記者蜂擁而至想採訪唯一生還的愛理，而且那是無從解決起的事件，也開始流傳起無中生有的謠言。

我完全不知道愛理遭遇這麼多的辛苦。

我幾乎不曾想像在那之後發生了什麼事。

「我已經無法忍受繼續待在沒有妳的世界中，因為我很軟弱，完全不認為自己能在那種世界獨自活下去。所以我不停呼喊『救救我』。」

救救我、救救我、救救我。

呼喊後，那個「金髮男子」就出現在身邊。

接著她被選為這個梅蒂亞的救世主。

男子問她「妳想去不同的世界嗎？」

「但即使來到這個世界，我仍舊是我，仍舊軟弱。被稱為救世主，自以為是天選之人，高傲自大、逞強。以為這裡是自己筆下故事中的世界，無論什麼事，不管哪個人都會照著我的意願行動。沒有我討厭的人，只有能讓我隨心所欲的人……滿心認為這是虛構世界，我現在仍把自己關在象牙塔中。」

愛理的聲音逐漸變得激動，越來越大聲。

「斷定瑪琪雅是壞魔女，還仇視妳。因為正義的夥伴得有個該打倒的壞人才能成立啊。我故意創造出這樣的存在。瑪琪雅明明是我在那個世界最喜歡的女孩子啊，明明就是我最重要的好朋友……」

「……愛理。」

「我是笨蛋，是很討厭的小孩。就算來到異世界，這樣下去根本無可救藥啊。」

但愛理在我說些什麼之前，用力抬起頭。

「但是，我不要再繼續消沉下去。雖然剛開始犯了一連串錯誤，但我來到這世界真的太好了。因為又再見到小田同學和齋藤同學，見到瑪琪雅和托爾了。我感覺我終於知道今後該做什麼了。」

她的眼睛帶著淚水，卻十分清澈。

在藍天面前，她只是直直注視著前方。

「我，要保護『瑪琪雅和托爾活著的』這個世界。」

這個瞬間，就是救世主愛理真正的開始。

我們之後才會得知，愛理這份決心，對梅蒂亞的命運造成莫大影響。

但此時的我，只是對愛理的話和心意感到很開心，心情大為激動與悸動。

愛理把我們與小田一華、齋藤徹重疊，也認同瑪琪雅和托爾。她確實看見了現在的我們。

所以我也希望。

在那個世界中獨自活下來，肯定遇到很多痛苦事的愛理，可以在這個世界找到歸處，遇見重要的人。

「愛理，謝謝妳再一次來見我。」

這肯定是，妳要帶給大家幸福的故事。

我和妳的「救贖」物語，再一次從這裡開始吧。

第六話　相戀的魔女與騎士

「小姐、小姐，請起床。今天要去鹽之森對吧。」

「嗯——再睡一下。」

「小姐，您怎麼了啊。就算是回家，也太懶散了吧。」

「回家就是這樣吧～」

「……真是的，您在學校給人相當可靠的印象耶。」

「學校歸學校，家裡歸家裡。」

我翻了個身，在床上背對托爾。

聽見托爾無奈的嘆息。

沒錯，我現在回到德里亞領地了。

去福萊吉爾之前，我們得到一週的休假。尤利西斯老師給我和托爾一起回到德里亞領地的時間。

盧內・路斯奇亞魔法學校要暫時停課，急忙進行重建工程。

原本就即將要放長假，事發當天也正在舉辦結業式。

結果，石榴石的獎學生決定頒給得到兩科第一名的尼洛・帕海貝爾，但尼洛本人已經離開盧內・路斯奇亞，今後大概也不會再回到這間學校來。

那個事件震撼路斯奇亞王國的國民以及鄰近諸國，帶來巨大衝擊。

路斯奇亞王國原本是被福萊吉爾皇國這擁有強大軍事力量的友盟國保護，享受和平生活的國家。

近百年來也未曾與他國有過戰爭，國民也是很悠閒的個性，所以強烈認為戰爭是很遙遠，和自己無關的事情。

但是親眼所見艾爾美迪斯帝國帶來的威脅後，每個人都有了相同想法吧。

再這樣下去真的可以嗎？

一旦開始戰爭，這個國家能有多少戰力。

到底是誰要上場作戰。

特別是把孩子送到盧內・路斯奇亞魔法學校的父母們更是無比心慌。

因為尤利西斯老師下令避難優先的應對相當確實，學生沒有出現任何死者，但有幾名老師不幸過世了。

梅迪特舅舅平安無事，但他疲憊得需要暫時休養，死者中也有課堂上相當照顧我的老師。

學生的心理創傷相當大。

聽到許多人說，再這樣下去，或許會陸續有學生從盧內・路斯奇亞學校退學吧。

「……」

但是，這不過只是開端。

真正開戰後，失去的東西難以計數。

尤利西斯老師也說了。開戰之後，他必須將盧內・路斯奇亞的畢業生送上戰場當魔法兵或魔法騎士。

在梅蒂亞這個世界，只要發生戰爭就會讓魔法出現顯著發展。

但老師也說，他不是為了這種事情而創建魔法學校的啊。

「托爾，你不去比格列茲家打聲招呼行嗎？」

早餐席間，父親如此問托爾。

托爾在官方文件上，是比格列茲家的養子。

「預計在回王城前會過去一趟，雖然這樣說，比格列茲卿待在王都的時間相對較多，所以常常約我去吃飯。」

「哈哈哈，他非常讚賞你的工作表現，我也常常聽他說這些，每次都讓我好嫉妒。找到你的人明明是我們歐蒂利爾家耶。」

雖然父親邊笑邊說，但他應該是真的嫉妒吧。

我也是，每次聽到絲米爾妲叫托爾哥哥就感覺嫉妒得要瘋了。

托爾有點不知所措地笑了。

「……但是，我沒有辦法實現比格列茲卿的願望。想讓絲米爾妲小姐成為大王子的王妃應該很困難了吧。」

「是啊，說的也是。但我認為對絲米爾妲小姐來說，這樣應該比較好。接下來，沒人知道王妃這個立場能否幸福……」

沒錯，托爾成為比格列茲公爵家的養子，以其為後盾成為守護者，這件事主要牽扯了比格列茲卿的野心。

他的夢想是把自己的女兒絲米爾妲嫁給這國家的大王子成為王妃，但最後我國的大王子和友盟國福萊吉爾皇國的第二王女訂下婚約，他的野心也因此碎裂。

那個陰險大肚腩大叔，大概超級失望吧。但現在狀況危急。

而且話說回來，我無法想像那個標準的驕縱千金絲米爾妲，成為身負重責的王妃啊……

「但是托爾啊，你真的成為優秀的騎士了呢。回來我們家時完全不像同一個人，以前明明瘦得跟竹竿一樣。」

「這全都多虧有老爺、比格列茲卿與王國騎士團的教導。」

「托爾，別這麼謙虛。你從以前就不會對自己的才華自豪。」

父親從一大早就心情愉悅。

對托爾回到這個家開心得不得了吧。

因為父親把托爾當自己兒子一樣疼愛。

「快，多吃點。瑪琪雅帶著托爾回來，所以我卯足幹勁，一大早就做太多了。」

「好的，夫人，夫人的料理和以前一樣，仍然非常美味。」

「哎呀，托爾，你不只長成好男人，連嘴巴也變甜了耶。哦呵呵。」

母親也對托爾神魂顛倒。

只不過，我發現母親偶爾會流露出相當不捨的神情。

或許是對我和托爾接下來即將前往的地點、對我們的使命感到憂心吧。

雙親不知道我和托爾是「紅之魔女」與「黑之魔王」的轉世，只是以為我們要以救世主守護者的身分前往福萊吉爾皇國。

話說回來，即使王宮內也只有極少數人知道這個事實。

尤利西斯老師也相同，擁有大魔法師靈魂的人，是國家最大的殺手鐧。

路斯奇亞王國有尤利西斯老師、托爾和我。

福萊吉爾皇國有夏特瑪女王陛下、耶司嘉主教大人以及卡農將軍閣下。

艾爾美迪斯帝國有青之丑角……

而且據說艾爾美迪斯帝國還有好幾位能與大魔法師相提並論的人，那個國家還有特瓦伊萊特一族人與其技術，更重要的是有兇惡的魔物士兵。

夏特瑪女王說了。
預言表示，十位大魔法師將在這時代全數到齊。
而「十」這有限的數字會怎樣分散在世界各國，是每個國家都想知道的事。
「話說回來，托爾，瑪琪雅和你，將來希望成為怎樣的關係啊？」
「咦？」
「噗！」
托爾嚇傻了，我則是把口中茶水全噴出來。
「哎呀呀，瑪琪雅妳真是不像樣。」
母親拿抹布擦桌子，我也拿餐巾擦自己的嘴。
「都、都是因為父親問托爾奇怪的問題啊！」
「因為你們兩個是情侶對吧？」
「咦？」
到底是何時變成這樣了啊？
我對托爾告白心意的事情，應該只有我和托爾知道。
「我也聽說救世主大人允許守護者們戀愛、結婚喔。」
「比格列茲卿肯定也會允許，這就交給我來辦。」
「沒錯，妳父親會解決所有難題。要不要乾脆先在這邊訂婚？」

「等、等一下啦，你們兩個。」

雙親原本就打算要讓托爾成為歐蒂利爾家的婿養子。

所以一心想要撮合我和托爾，才會搶先提出這個提議。

「你們別自顧自地說，還試圖掃除托爾身邊的障礙啦！托爾終於可以自由了耶，你們看，托爾不知該如何是好。」

「我無所謂喔。」

「等、等等，托爾！你為什麼滿臉笑容答應啊！」

托爾明明在幾年前聽到婿養子的提議時，還那般拚命拒絕耶。再這樣下去，托爾可能會被雙親說服，接受婿養子的提議！

我雙手用力拍上餐桌，氣勢萬分地起身。

「托爾，我們現在立刻去鹽之森！」

「好的，小姐。」

原本是想逃避雙親的壓力，但最後變成兩人要好外出的結果，所以雙親也滿臉笑容說著「路上小心」送我們出門。

父親和母親都知道過去托爾離開這個家之後，我有多麼沮喪。

正因為如此，或許光看到我們兩人在一起，就讓他們回想起我們的年幼時光，感到懷念而不禁莞爾吧。

○

那是我和托爾回到德里亞領地前。

愛理召集守護者，如此告訴我們：

『你們雖然是救世主（我）的守護者，但你們不需要以我為最優先。你們的心是自由的，一直束縛著你們，真的很對不起。』

每個守護者都非常驚訝。

『我想和你們平等以待，想成為夥伴彼此珍重。你們可以有喜歡的人，也可以結婚。擁有比我更重要的人，是理所當然的權利。』

沒有人想否定或阻止愛理這段真摯的話。

每個守護者都深刻感受，愛理就是這般用自己的話語表達出自己的心意。

愛理變了。

來到這世界，知道這世界的每個人都有生命、有感情、有重要的人。以及回想起她最重要的事情了。

正視不停逃避的現實，跨越挫折，成長為真正的救世主了。

每位守護者，都感覺此時的愛理炫目閃耀。

接著，不是因為義務，而是打從心底。

向胸前的紋章發誓，今後得要好好支持她。

○

那麼，久違地來到德里亞領地的鹽之森。

這裡仍然寧靜、涼爽。

在這充滿白色植物與白色礦物的神祕森林裡，五百年前，被稱為世上最邪惡魔女的「紅之魔女」就住在這裡。

「瑪琪雅！妳終於來了。」

住在紅之魔女房子裡的祖母大人，緊緊抱住睽違一年回到德里亞領地來的我。我也用力回抱祖母大人。

「祖母大人，我好想念您！」

「我也是啊，聽到盧內・路斯奇亞發生什麼事時，我都嚇掉三魂七魄了。而且還聽說妳和敵人對戰受傷了。」

我的身高已經幾乎和祖母差不多，已經不像小時候那樣可以把我整個抱入懷中，但對祖母來說我仍是那個小小的孫女，我深切感受到祖母的擔心與愛情。

「身體已經沒事了嗎？」
「對，我沒事。」
祖母接著看了看站在我身後的托爾。
「小子……你變得這麼勇猛有男子氣概，不能再叫小子了。雖然你現在身為公爵家的人，但我可不會對你謙卑啊。」
「久疏問候了，大夫人。這是當然，這正是我期望的。」
托爾如同過去傭人時代，手貼胸口呼喊祖母大人大夫人。
「快快，快進來。我聽到你們要來，一大早就卯足幹勁做準備。」
雖然已經吃過豐盛早餐，但一聞到祖母大人烤點心的香氣，就覺得甜點是第二個胃。
我邊喝茶，邊對祖母大人述說這一年發生的事。
學校的事情、宿舍的事情。
招募小組員，和伙伴們同心協力做出成果的事情。
把服侍紅之魔女的精靈，波波羅亞庫塔司和咚塔那提斯介紹給祖母大人後，她十分開心。
「在近年紅之魔女研究者之間，『紅之魔女的精靈或許是侏儒倉鼠』的說法相當知名。雖然世間不太有這種印象，但聽說紅之魔女非常疼愛住在這個森林裡的侏儒倉鼠呢。」
「欸嘿嘿嘿，那麼，波波太郎和咚助也是這個森林出身的啊。」
「或許是這樣呢。聽說撫慰紅之魔女寂寞的侏儒倉鼠們，希望可以永伴魔女身邊而變成她的精靈，是白之賢者聽取了兩隻倉鼠的願望，將牠們變為精靈。」

「……」

白之賢者……尤利西斯老師做的？

老師確實一開始就知道咚波波是紅之魔女的精靈。

如果是白之賢者把兩隻侏儒倉鼠變成精靈的，那我就能理解了。對老師來說，咚波波也是緣分甚深的精靈。

我還沒想起這段記憶。

但我能如此輕易接納這個說法，或許正表示這是無從扭曲的真實吧。

「你們記得這件事嗎？」

咚波波這兩隻當事鼠坐在桌子上專心啃著祖母大人特製的餅乾，一如往常「嘿嘿」笑著，然後在這小屋內四處亂跑玩耍。

這兩隻小傢伙對重要的事情總是笑著打太極。

「那個，祖母大人，您調查過紅之魔女的事情對吧。」

為了要問祖母大人一個問題，我帶了一個東西來。

那就是我在學校也總是帶在身邊的魔法竹籃。

「我的朋友說這個竹籃是黑之魔王送給紅之魔女的東西，這是真的嗎？」

「哎呀，妳的朋友這麼說嗎？」

「對，她是特瓦伊萊特……一族的人。」

我一說出這個名字，祖母大人睜大眼。

「這樣啊，是那個黑之魔王的後裔啊。」

特瓦伊萊特一族，這名字早已傳遍路斯奇亞王國大街小巷。

他們是前陣子突襲盧內・路斯奇亞的主謀，也是在帝國研究可以活用於戰爭上的魔法的魔法師。

但我的朋友勒碧絲・特瓦伊萊特，為了救出被帝國擄走的同胞，來到這個國家和盧內・路斯奇亞魔法學校。

「如果特瓦伊萊特的人這樣說，那肯定就是黑之魔王送給紅之魔女的東西了吧。我到目前為止都沒有可以證實這件事的證據，但當時，有辦法施展如此高超空間魔法的魔法師，除了黑之魔王以外沒第二個人。」

「但紅之魔女和黑之魔王水火不容對吧？不管哪本史書都這樣寫。」

我從記憶泡沫中看見的紅之魔女和黑之魔王也老是在吵架。

「誰知道呢，史書這東西，都是每個時代的王依自己的利益寫出來的。」

「祖母大人？」

「這兩位偉大的魔法師之間，肯定有沒被傳承下來的事情。」

祖母大人的反應相當含糊。

或許從很久以前，祖母大人就對歷史傳承中紅之魔女與黑之魔王之間的關係感到疑問吧。

確實，我也有點難以相信。

紅之魔女和黑之魔王確實看起來常常在吵架，卻沒有彼此憎恨的感覺。

而且說起來，我感到相當不對勁。如果這兩位大魔法師就是我和托爾，我們有辦法變成現在這樣彼此著想的魔女與騎士嗎？

托爾只是在旁靜靜聽話，沒有特別插嘴。

我想他也稍微看過黑之魔王的記憶，但他不太提這件事。

「對了，瑪琪雅，在妳離開這個國家之前，我要把這個給妳。」

「嗯？」

祖母大人走進裡頭的房間，拿著某個東西走回我身邊。

那是相當古舊的三角帽，但沒有損傷，保存狀態良好，現在仍十分堪用。

「這是……」

我立刻知道這是什麼了。

這是在記憶中看見的紅之魔女，總是戴在頭上的東西。

「這是紅之魔女的正字標記，明明是五百年前的東西了，卻毫無劣化。這帽子似乎是用紅之魔女的絲線魔法編織成的。」

「用絲線魔法？」

也就是說，這是用紅之魔女的頭髮、魔力與魔法製作的。

「聽說魔女還會在這個很有魔女風格的三角帽子上裝飾銀蓮花，但她最後把這給了『徒弟』。」

「……徒弟？紅之魔女有徒弟嗎？」

「是啊，只有一個。幾乎沒有人知道，但只要住在這個家裡，四處都可以發現她和徒弟共度的痕跡。我啊，覺得正因為紅之魔女有徒弟，這個家才能保留下來，也才有歐蒂利爾家。」

嚇我一跳。

紅之魔女完全沒給人收徒弟的印象，我也還沒想起這個記憶。

「瑪琪雅，妳把這拿去吧。不知為何，我有種得把這個交給妳才行的感覺。雖然這麼舊的帽子也不知道能拿來做什麼。」

「不，祖母大人，讓我有信心了，這可是紅之魔女的帽子呢。」

我戴上帽子給祖母看。

帽子牢牢貼合我的頭，而且我一戴上帽子，就覺得相當安心。

這是為什麼呢，果然因為我是紅之魔女的轉世嗎？

祖母大人不知道這件事，但不知為何，把一直留在這房子裡的紅之魔女的帽子交給我。

外面開始轉暗，到了我們該告別祖母大人家的時候了。

祖母大人先對托爾說：

「小子，雖然你是救世主的守護者，但瑪琪雅也交給你了。你別忘了，找到你的人是瑪琪雅。雖然這樣說，你能爬到今天的地位全靠自己的實力。在我看來，你的實力相當出眾，就因為是你，我才願意把瑪琪雅託付給你。」

「是的，我非常明白。」

「瑪琪雅，妳說妳學會了幾個紅之魔女的魔法，但妳千萬別亂來。今後不管發生什麼事，妳千萬不可以賭上自己的性命。」

祖母大人握住我的手，真摯地對我說：

「但如果妳面臨了什麼抉擇，妳就選擇心之所向的道路吧。如果選擇以守護者身分前往福萊吉爾，妳就不能再當個孩子了。魔法師都被教導千萬不可忘記童心……但任誰都沒辦法阻止自己長大成人。」

不可忘記童心。

但任誰都沒辦法阻止自己長大成人。

當我意識到這個矛盾時，腦海中突然閃過三位大魔法師。

在南方小島上，三人同心協力建造出魔法之城時，他們肯定沒有忘記「童心」。

但在這之後，他們肯定被迫做出大人的選擇。

「我知道了，祖母大人，但別擔心，上場戰鬥的不只我一個人。我的同伴們也在大人的世界中，為了自己的信念戰鬥。」

我把自己的話刻入胸口，再次想著。

想著和我有不同命運與故事的，石榴石第九小組的大家。

「只是和他們一起站在同一個戰場上，我就能努力。」

就算我誰也不是。

今後如果我身處無能為力的立場。

大概沒辦法與尼洛、勒碧絲還有弗雷並肩對抗接下來的世界吧。

一想到這，雖然這是多舛的命運，但我並不怨恨。

不論前世發生過什麼，我要以出生在這時代的瑪琪雅・歐蒂利爾的身分，和這時代的同伴們一起傾盡全力。

祖母大人口中的抉擇之時，遲早會以怎樣的形式造訪吧。

但我無法在不知道世界發生什麼事情的狀態下，只能在遙遠的地方等待他們。

因為我也想在世界中心，看清楚接下來的時代。

在這個過程中，如果我會想起紅之魔女的記憶與魔法，我希望我能別迷失自己。

回家途中，我們在鹽之森看見一整片豔紅的銀蓮花花海。

在白色世界中只有這裡，一片紅。

寂靜中，盛開的銀蓮花花朵，仍舊讓我心情悸動。

「明明不是這個季節會開的花，但在鹽之森中，一年四季都可以看見銀蓮花盛開。」

「因為這是象徵紅之魔女的花啊。」

象徵紅之魔女的花……

我記得銀蓮花的花語是「我愛你」。

但那是沒有結果的我愛你。

傳說紅之魔女單戀一個人，但她到底單戀誰呢？而既然有歐蒂利爾家這個紅之魔女的後裔，也就表示她和誰相戀並結為夫妻吧……

我到現在還想不起紅之魔女「沒有結果的戀情」的真相。

「……噯，托爾，我們還有辦法再回來這裡嗎？」

「當然可以，我可是一直為此而努力。」

我們坐在可以眺望銀蓮花花海的山丘斜坡上，彼此相依偎，有一句沒一句地閒聊。

「說到這個，小姐，讓我們繼續因為各種事情而草率中斷的話題吧。」

「繼續草率中斷的話題？」

托爾在我身邊露出認真表情。

我一開始眼睛眨呀眨，露出「不知道是在說什麼」的臉，但托爾太過專注緊緊注視著我，讓我終於察覺了。

啊啊，對了，托爾是在說那時的事情。

在玻璃瓶工房中，我對托爾表達的心意。

「啊、啊啊……」

我滿臉通紅，坐立難安、很想別開眼。

接著無意識地想要爬著逃離現場。

「為什麼要逃？小姐，您以為您能從我身邊逃走嗎？」

托爾一臉笑容，抓住想逃的我的腳拉回他身邊。魔鬼……

「來吧，要甩了我就快點，大刀闊斧乾脆點。」

「……」

看見我淚水盈眶抱著雙膝把身體縮成一團發抖，托爾手扶額「唉～」長長嘆了一口氣。

「小姐為什麼老是這樣？」

「什麼？」

「在您心中就沒有想過，我……我喜歡您嗎？」

托爾的聲音聽起來有點難過。

我卻睜大眼，把手擺在耳朵旁回問：

「什麼？」

「您這什麼令人火大的表情啊。」

托爾不滿的眼神終於刺痛我。

「因為、因為你，你之前說不行……說沒有辦法……」

我雙手手指咚咚互戳，嘟囔說著。

「你不是那樣說過嗎？在流星雨的那晚。」

然後偷偷抬頭看身邊的托爾。

「我確實說過，但我在那時已經很喜歡您了。」

托爾誠摯地注視著我。

老實的話語，他的眼神和少年時代的托爾完全不同，充滿成熟自信以及覺悟。

「現在的我還不能說配得上您，我沒辦法抹滅我低微的出身，但是我知道我無法忍受，一想到要是我現在退縮，您或許會喜歡上其他男人，我就……」

「……那是嫉妒嗎？」

「是嫉妒，和占有欲。」

托爾一點也不害臊地大方說出口。

我嘴巴一張一闔，接著低下頭遮掩我紅透的臉。

「但是、但是……」

但我還是有好多不安。

「我們可是『紅之魔女』和『黑之魔王』的轉世耶。」

就算我們現在還沒有那份記憶。

「尤利西斯老師說了，我們接下來會逐漸、慢慢想起來。因為我們得想起這個記憶中我們精進到極致的魔法。到時我們，還有辦法……繼續珍惜懷抱著這份感情嗎？」

傳說中，紅之魔女和黑之魔王關係水火不容。

就算現在的我們互相珍視，未來會不會回想起完全相反的憎恨呢？

「如果我們回想起大魔法師時的記憶，我或許會被托爾討厭……」

我一直很害怕這件事。

雖然一直不讓自己深思，但一想到我可能不再是我，托爾可能不再是托爾，就好害怕。一想到這份單純的心意會消失……

「絕對不可能發生那種事。」

但托爾拉起我顫抖的手，用力緊握。

「我絕不允許有人顛覆如此強烈的心意！」

深重，帶有熱意的一句話。

我的胸口一陣緊，與之同時，呼應托爾強烈的心意，我也想起自己熱切的愛戀。

約兩年半前——

我的初戀在我自覺的瞬間，就面臨苦澀的分別。

為了追上托爾，我進入王都的盧內・路斯奇亞魔法學校就讀，以第一名為目標。

我並非相信這份愛戀能有結果。

只是害怕什麼也沒做，任由自己的愛戀就這樣消失。

我不想和小田一華一樣，什麼也沒說出口就結束了。

我想要親眼看見，我的愛戀會走向何方，會怎樣結束。

但我所愛的托爾，也隱藏著我未知的熱切心意。

他一直愛著我這件事，簡直是個奇蹟讓我好揪心。

我們追逐著彼此啊。

「而且小姐，您忘了很重要的事情。」

「什麼？」

托爾手指輕輕拭去我眼角的淚水，溫柔地說：

「您回想起上一世的事情時，您被那個人格控制了嗎？至少我來看，我認為您一點也沒改變。」

托爾一說我才恍然大悟。

「對耶，聽你這樣說的確是。」

上一世的小田一華，真要說起來，就像我心中的鄰居一樣。我明明回想起她的全部記憶了耶。

雖然有相似的地方，但首先個性不同，在繼承小田一華記憶的同時，瑪琪雅仍維持瑪琪雅這個獨立人格。

我也能像這樣繼承「紅之魔女」的記憶嗎？

能在接納她的心意和感情的同時，她也是另一個人格，心中的鄰居。

「托爾謝謝你，真有你的。你總是會替我趕跑我的不安。」

「如果不是這樣，我在您身邊就沒有意義了。」

微寒的風吹動銀蓮花，我的心卻好溫暖。

總覺得有種無可抑止的心情，我當場往後倒躺下。

全身沉浸在冰冷的土地、青草與風中，想要稍微冷卻身心的熱度。

「啊……」

不知何時，天空已經轉變為夕陽的淡橘紅。

那彷彿前幾天騷動中，覆蓋學園島上空的緋紅。

或如遇見紅之魔女的那個暮色水平線。

或者是，過去我們在高中屋頂上看到的，火紅燃燒的死前最後天空。

又讓我產生無可抑止的心情，這份心情到底要走向何方。

「……噯，托爾，我們今後能永遠在一起嗎？」

我用著飄渺的聲音小聲說。

「這是當然，然後我們將會再次一起回到德里亞領地來。」

托爾如此斷言。宛如給自己的誓言。

「回來之後想做什麼？」

「這個嘛，我想要入贅歐蒂利爾家，成為您的伴侶。」

「咦？」

「『咦』是什麼意思，竟然躺著露出驚訝表情。不是原本就提到這件事了嗎？老爺和夫人應該也如此希望。」

「是、是那樣沒錯，是那樣沒錯啦，咦？你是說認真的嗎？你應該可以以更高地位為目標耶。」

我眼珠子轉個不停，食指指向天空。

因為啊，雖然托爾剛剛那樣自然脫口而出……但這就是指要結婚耶？

「小姐，請冷靜點。這樣說起來，小姐也是有各種可能性。例如……成為王族的妃子也不是夢。」

「啥？你該不會是在說弗雷吧？那個吊兒啷噹王子？」

「已經多次聽聞吊兒啷噹的弗雷殿下想要娶您為王妃的傳言，但請別答應，只有那個男人，我怎樣都無法允許。」

「那個男人……他姑且也算是五王子耶？而且弗雷想要娶我為王妃，只是因為他不想和其他女人結婚，利用我當藉口而已，並不是真的想要我……」

「是這樣嗎？那個男人，從我第一次見到他就感覺到危險的氣息。」

「喔、是喔……」

托爾的表情很認真。托爾確實從一開始就對弗雷態度尖銳，但他對同小組的另一個男生尼洛就沒有什麼特別情緒。

果然是吊兒啷噹這點不好吧……？

還是說他對「別看他那樣也是個王子」這點感到焦躁呢？

因為以我和托爾的地位，怎樣都無法與王子對抗啊。

不對，但尼洛基本上也是王子耶……

「小姐，請您別再想其他男人了。」

「咦？」

當我發現時，托爾憂鬱的視線捕捉住我，他的紫羅蘭色眼睛俯視著我。

「沒、沒有啦，弗雷和尼洛另當別……」

雖然沒想些太重要的事，但我現在確實想著弗雷和尼洛。這被托爾看穿，他有點不悅地瞇細眼睛，讓我心臟猛烈一跳。都是他帶著熱意的聲音與成熟的視線造成的。

不知托爾在想什麼，他順勢改變姿勢，整個人覆蓋在仰躺的我正上方，兩手撐在我的臉頰旁。

「托、托爾……」

突如其來的發展讓我不禁驚慌失措，我無法繼續承受他的視線，最後終於舉起雙手遮掩自己的臉。

「您為什麼要把臉遮起來？」

「因、因為、因為啊……」

我不習慣這種戀愛角力啊。

被他耍弄而紅透的臉，羞得不能讓他看見啊。

我想要暫時逃離這心跳加速的感覺而摀住臉，但托爾這種時候也不願意放過我。

「小姐，請您看著我。」

「……」

托爾的聲音，帶著苦悶。

聽到他用這種聲音說話，我無從拒絕起。彷彿打開用魔法緊閉的「門扉」般，我慢慢放下摀住自己臉龐的手。

世界好安靜，我聽見自己心臟「撲通、撲通」強烈跳動的聲音。

就這樣，我終於從正面承受托爾的視線。

帶著憂鬱表情，俯視著我的紫羅蘭色眼睛。

啊啊……

其中一隻，是為了救我而喪失的義眼。

但就連這個都令我戀慕，無法抑制地愛戀。

我應該已經明白了。

托爾的愛意。他的願望，真正的心意。

「小姐，請您容許我。我打從心底深愛著您。」

那天、那時、那個地點——

我發現的這個黑髮男孩，是被人用鎖鏈鍊住，傷痕累累的奴隸。

被父母賣掉，瘦弱，不願意相信世上任何事物的表情。

但是——

這個男孩成長為優秀的騎士，還得以愛上人了。

他能用如此愛憐的眼神看著誰，簡直是奇蹟。

托爾眼中倒映的人，是我。

我現在也難以置信，不曾有過如此令人高興、幸福的瞬間。

「托爾……」

我無意識地把手伸向他的臉頰。

托爾用他的手覆蓋我的手，接著壓低身體靠近我的臉。

將全部委身於他，當呼吸、頭髮、嘴唇交疊的瞬間，我靜靜閉上眼睛，落淚。

這和為了救托爾性命，單方面且冰冷的初吻完全不同。
只有此刻忘記複雜的所有一切，世界對我們好溫柔。
這個安靜的森林裡只有我和托爾，甚至認為這樣就一切完美了。
托爾的唇慢慢離開，發現我正在哭，舉起手指拭去我的淚水。
他又皺起眉頭，用莫名殷切的聲音輕語：
「就是這麼一回事，瑪琪雅・歐蒂利爾小姐，還請您務必做好覺悟。」
正因為那不是平常從容不迫的聲音，更壓迫我的心胸。
但這句話，仍舊帶著他天生的性感以及魔性。
我眨眨自己含淚的雙眼，只能如孩童般，老實地輕輕點頭。
從相逢的那天開始，我就不停、不停追逐著托爾……
結果一直到今天，我都無法將視線從他身上別開。
或許一開始會在意托爾，只是因為「似乎曾經在哪見過」這個前世的既視感，記憶的餘香帶來的「在意」而已。
但那是宛如燈火的無名感情。
毫無自覺的童心。

確信這份戀情的，是活在現在的我。
這是專屬於現在的我們的熱情。
那麼，我已經無法從托爾手中逃脫了。就是如此。
明明毫不悲傷，淚水卻不停湧出。
明明高興得不得了，胸口卻好苦澀。
這肯定就是戀愛吧。

我可以愛上托爾真的太好了。
妳肯定也想要談一場這樣的戀愛吧？——紅之魔女。

萬里無雲的初春天空。
米拉德利多的藍海。
這是多麼絕佳的起程之日啊。
宣告出航的低重音汽笛聲響起。
「哇啊……」
搭上繪有路斯奇亞王國紋章的巨大魔導船，我人已經在大海上了。眾多來送行的人，在下面不停揮手和旗幟。

今天，我要離開出生長大的路斯奇亞王國。

再回來應該起碼半年後了。

一想到這已經讓我感到不捨，雖然至今遇過許多不同國家的人，但這還是我生平第一次自己離開路斯奇亞王國到異國去。

船上不僅有救世主及其守護者，還有要與梵斐爾教國的巫女大人結婚的尤利西斯老師。以及路斯奇亞王國的大臣、大使與特使。

福萊吉爾皇國和路斯奇亞王國兩國之間，預定要配合救世主前往聖地的世界級儀式舉辦會議。

需要彼此確認透過這次事件得知的，帝國方面的戰力、目的，以及該如何應對。被潘・法烏奴斯的風穴吞噬的東西當中，也有需要盡早研擬對策的魔法兵器類的東西。

福萊吉爾皇國和路斯奇亞王國，今後也將建立緊密的互助關係，並強化彼此的友盟關係。

就這樣，我們也混雜在大人之間，而且也有著一定的身分地位。

除了是救世主的守護者，還擁有特使的頭銜。

聽說特使這部分，包含大魔法師等級的任務還什麼的東西……

分發給路斯奇亞王國特使的制服，是刺繡上金色花紋的胭脂色上衣和裙子，古典且高雅的設計相當有騎士與魔法師王國風格。和大人做相同打扮一起前往異國，讓我感到相當緊張。

得暫時告別學生制服和少女風格的洋裝了。

我已經不再是受保護的學生，表面上是救世主的守護者。

愛理也脫下她之前堅持不願換下的高中制服。

雖然和我們同樣穿著胭脂色衣服，但愛理的設計有點不同，下半身不是長裙而是容易活動的褲裙。

而愛理最近都用樸素的髮帶把頭髮綁起來。

沒錯，就是男孩風格的打扮。

「愛理，會不會口渴？」

我拿冰涼的飲料去給在甲板上眺望大海的愛理。

「瑪琪雅，謝謝妳。」

「嗳，感覺妳的感覺變了耶，有點中性男孩樣的感覺……」

「嗯～改變形象？」愛理苦笑道。

「救世主如果是個總需要別人保護的女孩，世界上所有人都無法安心吧。雖然我不知道大家期待怎樣的救世主形象，但首先，我先從做出讓大家感覺可以依靠的打扮開始吧。」

「原來如此，愛理真厲害。」

「啊哈哈，一點也不厲害，這也是為了我自己。該怎麼說呢，想要改變一下心情。不是說失戀後會去剪頭髮嗎？跟那很像吧？」

「愛理失戀了嗎？」

「……唉，瑪琪雅老是這樣，這點從妳還是小田同學起就沒有改變。」

愛理面露不悅，一口氣喝下我拿來的飲料。

接著又嘆了一次氣。

「而且我已經不是高中生了，比現在的瑪琪雅老很多耶。」

「咦？是這樣嘛？」

但確實是，愛理原本高三，救世主出現在這個世界上已過兩年，所以愛理起碼已經超過二十歲了。

大概因為她穿制服吧，我完全沒意識過這點。

「沒錯，已經不是愛作夢的少女了。」

接著愛理仰望藍天。

「嗯～」大大伸懶腰，她表情燦爛地如此說：

「我也差不多，該長大成人了……對吧。」

……長大成人啊。

受人保護的孩童時代。

燦爛的青春時代結束，大人的時代揭開序幕。

不管是誰，都無法永遠當個孩子。而大人該步行的階梯，比孩提時代更長、更辛苦、更險峻，且看不見未來。

而每個人都會在這個時間點急速成長，長大成人——

「愛理大人變了相當多呢，大家都很驚訝。」

托爾來到我身邊，遠遠看著和其他人打招呼的愛理。

「她說她也該長大成人了。」

「長大成人？」

「肯定是想變得更強大。」

而想變得更強大的人不只愛理。

這艘船上大多數的人，都為了守護自己重要的東西，對自己的任務負起責任，做好覺悟離開國家。

即使那並非救世主與守護者這般華麗耀眼的活躍。

即使那是不會在檯面上被傳承下去的故事。

「我也得變強才行。」

走吧，不能停下腳步。

即使不得已得從溫暖的地方離巢，不知所措只會被動盪的時代拋下。

我已經經歷了許多相遇，面對許多事件，讓我足以有這樣的預感。

走吧。

前往低頭請求我們借助力量的那些人的國家去。

前往高揭這世界正義的福萊吉爾皇國——

幕後　卡農，站在這個救贖世界

梅蒂耶。梅蒂耶。梅蒂耶。

一開始是誰決定了這世界的名字呢？

記得這件事的人，已經只剩「我」一個了。

很久很久以前，在絕望盡頭呼喊「救救我」的十個孩子，被召喚到這個無名世界中。

七個男孩，三個女孩。

那裡只有天與地，以及彷彿連結天地的大樹。

這裡是出生之前的世界嗎？亦或是生命結束後的世界呢？

孕育世界的大樹，分別給予十個孩子不同的「魔法力量」，允許他們在這個世界玩耍。

到底是誰有了讓孩子們來創造世界的想法啊。

就是孩子們的遊戲箱。

沒有責罵他們的大人的，微小世界。

這些全都是在絕望盡頭呼喊「救救我」，而後來到這世界的孩子。

世界就依照孩子的幻想、隨心所欲創造，自由自在捏出任何形體。

童心是魔法的根源，隱藏無限力量。

強大祈願的力量，可以把零變成一。

至少，這個「梅蒂亞」就是這樣的世界。

十個孩子拿出智慧和點子，追求每個人都能幸福的歸處，建立起理想的世界。

但與之同時，在這沒有大人當範本的世界中，十個孩子也日漸成長，最後不能再是孩子了。

自我、欲望與愛戀等逐漸覺醒。

小小的誤會，哪個人的任性，無法實現的愛意，嫉妒心……

這種負面感情讓爭執與吵架不停增加，接著出現派系與對立，最後演變成無法阻止的戰爭。

宛如發脾氣的孩子們，亂丟玩具恣意破壞一樣。

他們是魔法師，爭鬥到最後的結果，破壞了自己一手打造的世界。

接著他們站在空無一物的大地上，後悔自己的行為，決定重建這個世界。

甚至為了守護新世界，訂下許多法則加以束縛。

梅蒂耶。梅蒂耶。梅蒂耶。

沒有歸處。

想得到救贖。

明明是想得到幸福，不管誰都好，不停呼喊「救救我」、「救救我」之後，如攀住救命稻草般來到這世界的啊。

那又為什麼，會讓事情變成這樣呢？

＊＊＊

創造之神　帕拉・艾克羅梅亞……銀之王……（不明）

時空之神　帕拉・克隆多爾……黑之魔王……（托爾）

戰爭女神　帕拉・馬基利梵……紅之魔女……（瑪琪雅）

豐饒女神　帕拉・狄蜜特麗絲……綠之巫女……（沛爾瑟麗絲）

精靈之神　帕拉・由堤斯……白之賢者……（尤利西斯）

命運女神　帕拉・葡希瑪……藤姬……（夏特瑪）

法律與秩序之神　帕拉・托利塔尼亞……聖灰大主教……（耶司嘉）
勝利之神　帕拉・格蘭蒂亞……黃龍大將軍……（不明）
災厄之神　帕拉・耶利斯……青之丑角・琉璃妃……（不明）
死亡與記憶之神　帕拉・海帝菲斯……金之王・托涅利寇的救世主……（卡農）

把收納三顆眼珠的膠囊擺在面前，我深深坐進椅子之中，看著昏暗房間的天花板。

「還有……三個人。」

住在聖地的「緣之巫女」沛爾瑟麗絲預言，「最初的十人」的轉世將會如星子排列般在這個時代全數到齊。

緣之巫女代表最初即存在於這世界的「世界樹梵比羅弗斯」表述意志做出預言，所以應該不會有錯。

這個時代尚未判定真實身分的「大魔法師」還剩三人。

但在找到之後，所有人都會為我所殺。

殺害後，將其靈魂回歸世界樹梵比羅弗斯，等待下一次重生。

而我又會再次去殺害重生的他們。

那就是，和你們的約定。

和你的約定。

就算所有人都忘了我，只有我記得全部。

過去，「最初的十人」引發戰爭毀壞自己創造出的世界，看見被自己破壞殆盡的世界，他們後悔自己犯下的錯誤，決定再一次重建世界。

但在這個被他們自己控制的世界，只會重複相同錯誤。

即使如此，「魔法力量」是為了引導世界發展而被賦予的力量，如果他們自己完全消失了，梅蒂亞又無法運作。

既然這樣，就只能轉世為普通人，帶給世界一定程度影響後就瀟灑地從這世界上消失，除此之外別無他法。

但他們「約定」的記憶會隨著每次轉生越變越淡，最後會不知道自己非死不可的理由。

所以需要有個人在這廣大的世界中找到他們，不由分說殺死他們，並回收他們的靈魂。

那就是我，卡農・帕海貝爾。

十個人之中，唯一只有我，繼承了全部的記憶。

世界樹賦予我這個「魔法力量」。

因此，我得背負起弒神死神的任務。

從神話時代起，到底經過幾千年了呢。

他們能回想起的前世，頂多只有上一世，但我記得所有時代中的他們。

至今我殺了一次、一次、又一次。

我連方法，他們臨死之前的表情和話語也不曾遺忘。

我利用適合當代的各種立場，逼他們走到絕境，殺了他們。

千年前，我是一國之王。

與當代暴君「銀之王」大戰的結果，在歷史上留下「金之王」之名。

五百年前，我是英雄，說起「托涅利寇的救世主」，無人不知無人不曉。

我利用神話時代起賦予我的一個特權「救世主機制」，讓自己經由異世界回到這裡成為救世主。

我認為想要殺了出現在這時代的「黑之魔王」、「紅之魔女」、「白之賢者」，這方法最有效，是正確答案。

三百年前，我成為無名小卒的死神。

與出現在這時代的「藤姬」和「聖灰大主教」建立起良好關係，在旁守護他們的理想，讓他們的死擁有意義，並讓他們接受死亡。

之所以能與他們建立良好關係，是因為仁慈的藤姬，和知曉內情的聖灰大主教對我展現出最大的理解。

我隨時隨地思考著該如何確實殺了你們，並採取行動。

但我還是會犯錯。

也曾沒做好。

因為殺死你們，沒錯，並非易事。

重複轉生，在梅蒂亞這個世界中找到你們時，我總會感到十分懷念。同時參雜開心與悲傷的心情。

而在親手殺害過去的朋友後，我會極度疲憊。

這個任務沒有結束的一天。

即使如此，為了實現與「你們」的約定，我站上這個「救贖世界」。

梅蒂亞轉生物語
短篇集

Side Stories

—初次刊載一覽表—

〈瑪琪雅，鏡子那端的小小魔女〉
友麻碧連續三個月出版活動特典（二〇一九年九月）
〈瑪琪雅，讓兒時玩伴的公爵千金做惡夢〉
梅蒂亞轉生物語第三集出版紀念・書店特典（二〇二〇年八月）
〈瑪琪雅，和托爾通信〉
梅蒂亞轉生物語第三集發行紀念・KakuYomu公開（二〇二〇八月）
〈梅迪特老師，誓言要為了可愛的外甥女毒殺托爾〉
梅蒂亞轉生物語第四集&漫畫第二集同時發售紀念・電子小冊特典
（二〇二〇年十二月）
〈瑪琪雅，蘋果咖哩是青春的滋味〉
富士見L文庫七周年活動特典（二〇二一年七月）

瑪琪雅，鏡子那端的小小魔女

我的名字是瑪琪雅・歐蒂利爾，十二歲。

我是梅蒂亞歷史留名的超邪惡「紅之魔女」的後裔，將來備受期待的見習魔法師。順帶一提，我也是男爵家的千金。

「小姐，您站在穿衣鏡前注視著自己是在幹嘛呢？占卜嗎？還是在玩『這世界上最美的人是誰』遊戲呢？」

傭人托爾看著鏡中的我詢問。

托爾是大我一歲的男孩，黑髮與紫羅蘭色眼睛在這國家相當罕見，因為他擁有豐富的魔力，我接他回家成為歐蒂利爾家的門徒兼傭人。

雖然只大我一歲，但他已經是個高大成熟的美少年了。

「噯，托爾，我的臉有長得那麼一臉壞心的樣子嗎？」

我邊看著鏡中皺起眉頭的臉，雙手環胸「嗯」聲哼著，對托爾問出單純的疑問。

「為什麼現在突然問這個？」

「前陣子啊，我不是受邀去參加伯爵家的茶會嗎？那戶人家的小孩跌倒後大哭。我明明用魔法替他治好傷口，旁邊的大人卻誤會我用魔法弄哭對方。」

我氣得鼓起臉頰，就連這張臉也看起來有點恬不知恥。

「嗯——這個嘛。小姐雖然很美，但眼尾上吊像貓，肌膚白皙幾乎沒有血色，但小小的嘴唇紅得跟蘋果一樣。說跟魔女一樣也真的跟魔女一樣。」

托爾從背後壓扁我氣鼓的雙頰來玩。

「噗」的一聲洩氣，我看著鏡中變成怪臉的自己大笑。

我姑且算是這傢伙的主人耶……？

「有什麼關係呢，被他人畏懼可謂魔法師的榮耀呢。您可是這個梅蒂亞中，最為人所畏懼的魔女的後裔。請您再更有自信一點。」

「我知道啊，托爾。只是每次都被當壞人覺得很不高興而已。」

「嗯——那麼，就由我代替鏡中精靈來稱讚您吧。」

「就算你勉強自己稱讚我，我也不會開心啊。」

我雙手環胸，不開心地朝正上方仰頭，托爾低頭俯視著我。

我的海藍眼睛和托爾紫羅蘭色的眼睛對視，一瞬間看見單純魔法的片鱗。

「小姐，您知道嗎？」

「……知道什麼，托爾。」

「我不討厭小姐的臉。」

托爾瞇起眼睛，露出十三歲不會有的魔性笑容。

就是這點啊……

就是這點讓幼女到老婦人都成為他的俘虜，他無意識下帶著這種魔法。

前陣子也差點被公爵千金絲米爾妲動用金錢和權力搶走托爾，全靠我對她下了做惡夢的詛咒才讓她死心。

雖然有時很自大很令人生氣，但接下來，我也永遠不可能放開托爾吧。不管發生什麼事情，不管是誰，要是有人搶走托爾，我一定會搶回來。

「嗯，算了，托爾，幫我泡個咖啡牛奶，要加很多蜂蜜喔。」

「我知道了，小姐。對了，廚房裡有夫人親手做的蘋果蛋糕，要吃嗎？」

「我要吃我要吃！啊——煩惱之後肚子餓了。魔法師一旦缺乏糖分，就會開始思考起奇怪的事情。」

「我明明那樣百般交代，在您失控之前記得先吃顆巧克力的啊。」

「你那什麼傻眼表情，而且我沒有失控！快，快去把我的咖啡牛奶和蘋果蛋糕拿來。要不然我扣你薪水喔！」

「還真是個過分的主人啊，算了，比起被鎖鏈鍊住好上幾倍啦。」

托爾「哎呀哎呀」邊露出傷腦筋的笑容邊搖頭。

托爾過去被當成奴隸買賣，受到很不人道的對待。碰巧被我發現，我把他買下來。那才不過一年前的事。

托爾離開房間後，我又再次看鏡子。

鏡中倒映著一個穿著紅色洋裝的小魔女。

明明只是擺出普通表情，卻帶著些微的冰冷。

就算試著露出笑容，也變成正在策劃什麼計謀的壞魔女微笑。

我那惡名遠播的祖先，也有類似的煩惱嗎？

但是算了……只要托爾了解真正的我，這樣就夠了。

瑪琪雅，讓兒時玩伴的公爵千金做惡夢

我的名字是瑪琪雅・歐蒂利爾。

這是發生在我和托爾還住在德里亞領地的孩提時代的事情。

「話說回來，瑪琪雅，妳把守在妳身後的那個人讓給我吧。」

「什麼？？」

兒時玩伴的公爵千金絲米爾妲，在我因為父親工作造訪公爵公館時突然如此要求。邊用手指轉弄她左右捲得漂亮的雙馬尾邊說。

這不講理的要求，讓我睜大眼轉過頭去。我身後，侍奉我的見習騎士托爾正一臉泰然地站在我後面。我用力抓住托爾的手整個人探身上前，怒髮衝冠地威嚇絲米爾妲。

「妳別說蠢話了！我怎麼可能把我最重要的托爾給妳！話說回來，不久前不是還有好幾個男生隨侍服侍妳嗎？」

「大家都辭職了啦！那些沒有耐性的傢伙！」

「那只是因為妳是個超級任性千金，大家受夠妳了啊。」

少有同齡的男孩可以忍受絲米爾妲不講理的任性。

托爾成熟又萬能，還是這國家罕見的黑髮美少年。絲米爾妲喜歡罕見的東西，想要時不得到手就不善罷干休。她大概很羨慕總是帶著托爾到處跑的我吧。

「我想要我想要我想要！我想要那個美少年！父親大人買給我啦！」

絲米爾妲最後終於跑去哭著哀求自己的父親公爵大人，與其說哭著哀求，正確該說邊大鬧邊胡亂耍任性。以為錢可以解決一切這點真有絲米爾妲的風格。

公爵大人非常寵溺女兒，所以立刻找我父親大人商量托爾的事情。

父親大人斷然拒絕，而我們幾乎是逃離公爵公館。

「唉～光呼吸就廣受歡迎的男人還真是辛苦。」

「托爾，你要再更有危機感一點才好吧。」

托爾在我房間裡無奈地搖著頭。

這男人完全不知道接下來我到底得多辛苦才有辦法死守住他耶。

要是絲米爾妲貫徹任性，最後公爵大人也妥協，就有可能仗勢金錢與權力把托爾搶走耶！

因為我們家和公爵家相比地位低很多啊！

「我絕對不允許托爾被絲米爾妲那種人搶走！」

「小姐真的非常喜歡我呢。」

「我只是不爽自己的東西被搶走！這種想要搶別人東西的任性小孩，就讓我代替老天懲罰她！」

我可是這種魔女的後裔呢，那麼，該怎麼做呢？

「既然如此，就只能讓絲米爾妲自己說出『我不要托爾』了。」

「您到底打算做什麼？難不成要我做出讓她討厭的行為嗎？」

「對方再不濟也是公爵千金，對她做出無理舉止只會妨礙你的將來，所以托爾，你什麼也不必做。」

「沒想到小姐還考量到我的將來，您這麼重視我啊。」

托爾似乎對我的體貼很感動，又好像沒太感動。

而我則是拚命翻動尋找魔法書上的某一頁。

「找到了！就是這個！」

我拿起魔法書上的某頁給托爾看，接著滿臉賊笑。

「讓人做惡夢的詛咒？」

「我要讓她做一個起床後超不舒服的惡夢，為了讓她放棄托爾。」

「真不愧是小姐，有夠狠毒。」

雖說是詛咒，但這是參考街頭巷尾普遍負評的騙人魔法書，也不知道有多大效果。

我為了要對絲米爾妲下這個詛咒，和托爾一起去鹽之森偷偷做準備。照魔法書所寫的在地面畫魔法陣，撿石頭做出類似祭壇的東西，然後放上一根我偷偷帶回家的絲米爾妲的頭髮。

「哎呀呀喔呀呀。哎呀呀喔呀呀。啊——哎呀呀喔呀呀。」

「那個咒語真的有念對嗎？」

我邊露出魔女般邪惡的微笑，詠唱出騙人感十足的咒語。

此時並沒有特別發生什麼事。

也不知是這詛咒真實不假，還是因為我的魔法才華帶來的效果，亦或是在鹽之森進行詛咒儀式奏效了……

隔天去見絲米爾妲時，她躺在床上，一眼可見相當憔悴。

穿著睡衣抱著熊熊玩偶，一臉蒼白對我說：

「瑪琪雅，我不要托爾了。」

「嗯？妳這又是心血來潮什麼？」

「因為我做了個夢啊，夢見瑪琪雅為了搶回托爾變得好巨大，然後把我收藏寶物的衣櫥踩碎了！最後還噴火噴到毀滅世界耶！啊啊啊，好恐怖、好恐怖。真不愧是世上最邪惡魔女的後裔啊！」

那什麼夢啊，我根本不是壞魔女而是怪獸了耶。

走出做惡夢而心神不寧的絲米爾妲房間後，我發現托爾在我背後拚命忍笑。

「小、小姐……噴火……噗哈！」

「托爾，你以為我是為了誰化身為噴火怪獸的啊？」

「沒事沒事，我明白，小姐拚了命不想讓我被搶走。因為我可是小姐的最愛啊～噗——」

「夠了，你別笑了。」

總覺得好不爽，但多虧如此，我從絲米爾妲手中死守住托爾了。

而我和托爾之間奇妙的信賴與羈絆又更深重了。

瑪琪雅，和托爾通信

○月一日

愚蠢的托爾啊：

今天你竟膽敢不顧我落淚制止，和父親大人一起前往王都出差。

我絕不原諒你，你竟然要離開我身邊一星期，你沒資格當騎士了。

我要去找一個更優秀、更帥氣也更溫柔的騎士來取代你。

○月二日

給親愛的瑪琪雅小姐：

您的落淚制止，是指在早餐裡摻安眠藥，破壞馬車，在大門前挖一個大洞等等的行為嗎？

我差點要被您害死了。

話說回來，這世上真的有比我優秀、帥氣且溫柔的騎士嗎？

○月三日

給托爾：

騙你的。才沒有騎士比你優秀又帥氣。但或許有比你更溫柔的騎士吧。

啊～好閒喔～

今天沒有人陪我玩，所以我就對著水窪中的自己說話。

說點有趣的事來聽聽吧。

○月四日

給瑪琪雅小姐：

請您別玩這種寂寞的遊戲啊……

今天，我和老爺一起前往委託者的宅邸拜訪。

我們很快解決了委託，然後在那邊享用了名叫檸檬派的新潮甜點。那是上面鋪滿鬆軟蛋白霜，又甜又酸的蛋糕，感覺小姐會喜歡。

王都和德里亞領地不同，非常多人。雖然什麼都有，但我不太喜歡這個地方。

○月五日

給親愛的托爾：

真的嗎？如果已經解決委託了，那你可以提早一天回來沒關係喔！

父親大人那邊讓我去說，好不好？
還有，檸檬派聽起來好好吃喔。
我期待你的禮物，啊～托爾能不能早點回來啊～

○月六日
給親愛的小姐：
很遺憾，檸檬派沒辦法放太多天，我會帶其他禮物回去。
還有，對不起……
因為委託人的要求，老爺的工作又多了一個，我們沒有辦法馬上回去。
留在王都的時間似乎得延長一週了。

○月七日
什麼喔喔喔喔喔喔喔！
怎麼這樣啦啦啦啦啦啦啦啦！
混帳東西～～好過份～～太過份了啦～～～！
我還想再忍一下托爾就要回來了耶！
我日復一日在月曆上畫叉叉等你回來耶！

你竟然還要一週不能回來，簡直就是讓我求生不得求死不能的折磨啊。是溺斃在融化砂糖中的螞蟻，是盛夏在荒野曬乾的青蛙。

夠了，我要暴飲暴食把烤給你的鹽蘋果麵包全吃光。

你就別想我會留你的份給你了。

○月八日

給不知所云的小姐：

請別暴飲暴食鹽蘋果麵包，會吃壞肚子的……

我有點擔心。還有，謝謝您替我烤麵包。

○月九日

給托爾：

我吃壞肚子了。

現在躺在床上，好痛苦。

所以你要快點回來。要不然你重要的瑪琪雅小姐就要肚子痛到死掉了……

○月十日

給重要的瑪琪雅小姐：
您在說謊吧。雖然我姑且擔心了一下，但小姐不會因為這種程度吃壞肚子。
如果真的吃壞肚子，歐蒂利爾家中也有大量可以治療的魔法藥。
我很清楚。就算您裝傻不承認也沒用。

○月十一日
嘖，可惡的托爾，一點也不可愛。
托爾你該不會覺得王都比較舒適了吧？
你該不會變成自以為都市人的騎士了吧？
委託人是女的對吧。
她沒有從頭到尾打量你，還想要你吧？說些「你可以一直待在這裡喔，想要什麼都買給你，哦呵呵。」之類的吧。
我絕不允許，絕不允許……
我要詛咒她，我要詛咒她……

○月十二日
小姐，請您清醒點。

您不必這麼拚命，我後天就會回去了。

啊，女委託人的確說了想要收我為她家的養子，但老爺鄭重拒絕了。我沒有被搶走真是太好了呢（笑）。

話說回來，想要什麼禮物呢？有三種供您選擇。

一、都市很受歡迎的開心果巧克力

二、感覺小姐沒有的檸檬黃色手帕

三、鳥不生蛋鄉下的德里亞領地買不到的最新一期魔法雜誌

○月十三日

啊啊啊啊啊啊啊啊。啊啊啊啊啊啊啊啊啊。

那個女委託人果然那樣做了啊啊啊啊啊啊啊啊啊（詛咒）。

……但你會確實回到我身邊對吧？

好想念你喔，想到我都發抖了。

啊，禮物請給我三款整組喔。但最棒的禮物是托爾早一秒平安回來。

明天為什麼不快點到來，啊——

因為人家很寂寞啊。人家是人類嘛。瑪琪雅。

○月十四日

小姐，請您清醒點。

小姐所說的話有點恐怖讓我發抖耶。

雖然可能會到很晚，但今晚會回到德里亞領地。

還請您再等一下下。托爾。

○

我在床上攤成大字形看著天花板。

「托爾說他今天內會回來的對吧……好慢喔——」

托爾拋下我不管，跟著父親大人去工作的這兩週。

我每天都和托爾通信。

父親大人的烏鴉精靈佛萊迪每天都替我們兩人送信。

撐著不睡等待的我，聽到馬車抵達屋前的聲音後立刻起身，穿著睡衣乒乒乓乓跑下一樓。

「哎呀瑪琪雅，妳還沒有睡啊？」

「母親大人，托爾回來了！順帶一提父親大人也回來了！」

「哎呀哎呀，妳父親變成順便了啊。」

接著，我比母親早一步打開房子大門。

「瑪琪雅！父親回來了喔！」

我精神充沛地對張大雙手的父親大人說「待會再說！」後從他身邊經過，張開雙手朝跟在父親背後的黑髮少年飛撲上去。

「托爾爾爾爾爾！」

藉著衝勢緊緊抱住。

托爾露出半放棄的表情，只能任由我抱住。

「那個，小姐，我還沒有沐浴。還有，老爺一臉渴望地看著這邊，還請您也抱抱老爺吧……」

「可是可是！兩週耶！光一週都已經不可原諒了，竟然又延長了一週耶！我每天都快要發瘋了！」

「看到您的信就能明白，小姐已經快到極限了。您就這麼想念我嗎？」

托爾露出調侃笑容，輕輕歪頭低頭俯視我。

看見這傢伙這個挑釁的表情，我瞬間冷靜下來。

「笨蛋啊。不是有睡覺時絕對要抱著睡的毛毯嗎？那個突然不見了就會很不知所措，很不安冷靜不下來啦，就跟那個一樣。」

雖然這樣說，我還是緊緊抓住托爾不讓他跑走，抓著他往我的房間走。雖然父親大人到最後都用渴望的眼神看著我。

至於托爾呢，只是嘆了一口長長的氣，任由我拉著走。

「……您平常老是隨意對待我，隨意拉著我到處跑。這樣分離一段時間後，就如此可愛地向我撒嬌。這是怎樣，您是貓咪嗎？」

托爾沒特別得到允許，就在我房裡的沙發上大方坐下，鬆開自己的衣領。

完全無法想像是傭人的行為，但我不在意。

反而還替他泡茶。

「不是有人說，分離之後才會發現理所當然存在的東西有多重要。肯定就是那樣。日常生活中有托爾已經變成我的理所當然了。總之每天無聊得不得了，還有我魔法一直失敗。」

「……這麼說來，宅邸周遭有許多失敗魔法陣的痕跡，馬車經過時都讓我十分緊張，小姐的失敗魔法陣，偶爾會稍微爆炸啊。」

托爾無奈地說「起碼也做好失敗魔法陣的善後處理啊」。

平常絕對會做好這些事情的我，這兩週真的完全失常啊。反省、反省。

「但是，我懂小姐想說什麼。我也是，平常總是盯著小姐，這兩週擔心小姐會不會惹出什麼麻煩擔心得我吃不好睡不好。想到要是您又在湖邊溺水，是誰會去救您啊。小姐可是個旱鴨子呢。」

「什麼啦，那我有特別小心啦！總之我沒有靠近湖邊。」

兩個月前發生了我在湖中溺水被托爾救上岸的事件，我邊回想起這件事，邊把茶杯遞給托爾。

……但是，這樣啊。

我還以為只有我一個人感到寂寞，原來托爾也很擔心我啊。

「呵呵，什麼嘛，原來托爾也和我一樣啊。而且話說回來，你很討厭大都市嘛。」

「是啊，人潮會讓我不舒服。我比較喜歡什麼也沒有的德里亞領地。」

「……真是苦了你了，工作辛苦了。」

到了現在，我才拍拍坐在沙發上的托爾的頭。

托爾任由我拍摸，接著像想起什麼噴笑。

「啊，但是……每天收到小姐寄來的信是我唯一的期待。小姐的愛太沉重了，我中途稍微感覺害怕起來。我還以為是不是某種詛咒的信，仔仔細細地確認了每個角落。」

「你在說什麼啦，我怎麼可能會下詛咒，你可是我的騎士耶。」

「說的也是……我可是小姐，最喜歡的人啊。」

托爾露出表示「我很清楚」這讓人有點咬牙切齒的從容笑容抬頭看我。

聽到他這樣說也讓人感覺不太高興……

但也覺得「啊啊，這就是我的托爾啊。」

在那之後一段時間，我彷彿要消除這兩週的托爾缺乏症，從早到晚不管要去哪裡都把托爾帶在身邊。

逐一享受托爾帶回來的禮物，以及他的所見所聞。

而托爾也萬分注意地守護著我的行動。

而且，只要我們兩人在一起，果然不會無趣也好安心。

只要兩人在一起，就會產生不會輸給任何事情的無敵心境。

梅迪特老師，誓言要為了可愛的外甥女毒殺托爾

我名叫烏爾巴奴斯・梅迪特。

是一名毒藥魔法師，也是盧內・路斯奇亞魔法學校的教師。（順帶一提，我負責魔法藥學）。

今天是我無比疼愛的外甥女的十二歲生日。

我帶著大量她要求的禮物，來到德里亞領地。

「那麼，瑪琪雅小姐，這個裝模作樣的小鬼是誰？」

抵達歐蒂利爾家的我，看著外甥女瑪琪雅小姐帶著外貌相當體面的黑髮少年說想介紹給我認識，我往上推了推單眼鏡片。

「舅舅，他就是我家的門徒托爾啦，我在黑市買下來的。」

「……」

瑪琪雅小姐理所當然地如此說。

沒想到我的外甥女，竟展現出惡名昭彰的歐蒂利爾家魔女的風範，在黑市買了一個奴隸來服侍她。

而且這傢伙，明明還只是小鬼頭，竟有讓我畏怯的性感與惡毒感。

就算他有辦法瞞騙老好人的歐蒂利爾男爵和瑪琪雅小姐，也無法躲過毒藥魔法師的我的嗅覺。他是那種清楚知道自己是帥哥，利用這點生存下來的魔性死小鬼。這傢伙肯定想要討瑪琪雅小姐歡心，借用關係往上爬。

可惡，真讓人不爽！

自小就讓我疼入心坎的瑪琪雅小姐就由我來守護！

「托爾，他是烏爾巴奴斯・梅迪特卿，是我的舅舅。別看他這樣，他是位相當優秀的毒藥魔法師，還是魔法學校的老師喔。他定期會來當我的家教。」

「小姐，這位先生明顯對我展現敵意，真的沒有問題嗎？」

「沒問題沒問題，他只是討厭帥哥和將來大有可為的年輕人啦。」

「呃……身為一個人，這感覺不太妙耶。」

這名叫托爾的死小鬼，看著我嗤鼻一笑。

那小鬼不對勁，竟會讓我產生抗拒反應，就表示他是超級毒素。

我得想盡辦法讓那個死小鬼遠離瑪琪雅小姐才行……

「欸，舅舅！你別這樣弄托爾啦！有夠沒大人樣！」

對死小鬼泡給我的茶找碴，在他經過我面前時伸腳絆他，顯而易見地故意撞他之後，死小鬼似乎跑去找瑪琪雅小姐告狀，害我被瑪琪雅小姐罵了。

既然如此，既然如此，那我只有毒殺他了……

「欸，舅舅你在幹嘛啦！你打算對托爾下毒對吧！舅舅竟然欺負托爾，我最討厭舅舅了！」

「什麼！」

正當我要把自製的毒藥摻入那小子的飲料中時，被瑪琪雅和那個死小鬼看見了。

最後終於惹瑪琪雅小姐討厭，瑪琪雅小姐不願意和我說話了。就連我拿她想要的毒草和毒藥誘惑她也被她視而不見。我好想哭……

「打擾了，梅迪特大人。」

「……嘖，是你這傢伙啊。」

名叫托爾的死小鬼端茶來我借住的房間。

我做出「噓、噓」要趕他走的動作。接著那傢伙皺眉聳肩。

「梅迪特大人似乎相當討厭我，請問我做了什麼失禮的事情嗎？」

「哼，你似乎很巧妙混入歐蒂利爾家，但你瞞不過我。你對瑪琪雅小姐來說，就只是毒素。」

「什麼？請問毒素是什麼意思？」

「那孩子將來會成為優秀的歐蒂利爾家的魔女，她的才華有我掛保證。如果瑪琪雅小姐被你這種魔性死小鬼誘惑，對魔法失去興趣，你要怎麼賠我啊？」

聽完我這麼說，死小鬼無可忍受地噴笑出聲。

「啊哈哈哈哈，梅迪特大人，不可能有這種事發生。小姐打從心底享受和我競爭的樂趣，只要有我在的一天，小姐就不可能失去對魔法的熱情，絕對不可能。」

「……」

「話說回來，您為什麼對外甥女的小姐如此執著呢？因為您單身嗎？或者是一大把年紀了卻對小女孩有興趣？」

「你、你這個死小鬼……」

我真的很想扁他，但要是瑪琪雅小姐因此更討厭我，那我就無法振作了，我只能清喉嚨忍耐。

「瑪琪雅小姐對我來說很特別。」

接著不知為何開始講起，對我來說瑪琪雅小姐是怎樣的存在。

說起來，我身為梅迪特家的么子，不管我多有才華都無法繼承家族，在稀少的未來選項中，我選擇以盧內・路斯奇亞魔法學校的老師為目標。

但我在那之中感到空虛，只要是魔法師，誰都想要留下偉大功績。想要以大魔法師之名在歷史上留下痕跡。

此時，嫁到歐蒂利爾家的姊姊生下瑪琪雅小姐。

瑪琪雅小姐自幼就對魔法擁有單純的好奇，看著她，我心中的空虛與糾葛逐漸消失，湧起得把這孩子教養成出色的魔女才行的心情。我肯定是為此成為魔法學校的老師……

「小時候，她都會叫著『久舅、久舅』跟著我背後跑，那真的好可愛好可愛。久舅教我這個，久舅教我那個的，瑪琪雅小姐用天真的眼神尋求我的協助……」

「您只是想聽她叫您『久舅』而已吧？」

雖然死小鬼倒退三尺，但我才不管他。

我喝光那傢伙泡的茶，站起身熱切地繼續說：

「瑪琪雅小姐在我眼中是天才！她會成為優秀的魔女千金，在這個路斯奇亞王國的魔法史上留名！為此……為此……我得排除像你這傢伙這樣的障礙……」

「您還要繼續說這個啊？」

死小鬼小大人嘆了一口氣，接著有點瞧不起我地嘲笑我。超級火大的啦。

「梅迪特大人，我確實是個性扭曲超越小姐想像的死小鬼，肯定是您將我看得更加清楚。」

「什麼？」

「但還請您放心，我也相同，我會追隨小姐的背影，親眼看著她能以魔女千金的身分走到哪裡。」

……我果然全面討厭這個死小鬼。

明明才認識瑪琪雅小姐沒多久，卻用這種無所不知的口氣說話。

只不過，他只有在提到瑪琪雅小姐時，彆扭的臉會變得稍微符合他的年齡。但我想他本人應該沒有發現……

「啊，找到托爾了！你別理舅舅，陪我練習魔法啦！」

「您又在做什麼不明就裡的魔法實驗嗎？失敗了爆炸我可不管喔。」

「別說蠢話了，這次絕對會成功！」

接著瑪琪雅小姐帶著托爾離開。雖然很不甘心，但有那個死小鬼在，瑪琪雅小姐似乎比以前對魔法更樂在其中了。

同齡的對手確實是很好的刺激，我也是在魔法學校遇見尤利西斯殿下這位真正的天才後，打斷了我驕傲翹老高的鼻子啊……

在那之後，只要我造訪歐蒂利爾家，就會出現家門前的大洞，或是擋住道路的陰險陷阱，而我每次都會掉進陷阱裡受傷骨折等等。

瑪琪雅小姐都會說只是在做魔法特訓，每次都含淚說著「舅舅對不起！」向我道歉，但托爾都在她身後咧嘴賊笑，明顯就是這小子幹的好事。我絕對不原諒他，總有一天要毒殺他！

就這樣，我和他，在那個德里亞領地展開男人與男人間的明爭暗鬥……

那天，托爾被選為星星，離開歐蒂利爾家。

瑪琪雅小姐當時的沮喪、消沉，連我也看不下去了。

而我則是後悔著，果然得早早把那死小鬼趕出去才對。

如果他最後沒辦法陪在瑪琪雅小姐身邊。

如果他會這樣拋下那孩子，獨自前往遠方……

我無法安慰瑪琪雅小姐。

我只能拚命盯著進入魔法學校就讀的瑪琪雅小姐，並且保護她。

直到兩人再度重逢那天。

在那之前，我絕對要將自豪的外甥女，教養成連托爾都會刮目相看的優秀魔女千金。

瑪琪雅，蘋果咖哩是青春的滋味

我的名字是瑪琪雅・歐蒂利爾。

盧內・路斯奇亞魔法學校一年級學生，同時也是石榴石第九小組的小組長。

最近，在我們之間很流行蘋果咖哩。

「石榴九的各位，你們曾經吃過嗎？咖哩飯這偉大的食物。」

「啥？」

「我想你們應該沒吃過，我買到香料了所以可以做咖哩，也有白米。只要有我老家寄來的鹽蘋果以及沐浴米拉德利多陽光種出的番茄，就能煮出無比美味的咖哩。所以說，我們現在就來煮咖哩吧！」

那發生在明明是假日，小組員卻聚集在工房裡各自做著自己的事情時。我一個人幹勁十足地講起這種話，組員的尼洛、勒碧絲和弗雷面面相覷感到相當困惑。

但是啊，咖哩是梅蒂亞自古以來就有的料理。

特別是在東南小國相當盛行香料料理。

料。

我前幾天在東南國家留學生定期舉辦的「黑暗香料市集」中，確實買齊了咖哩所需的香料。

「我啊～今天從一大早就沒辦法梳好我的頭髮，一直有種不好的預感耶。覺得組長今天大概會說出什麼莫名其妙的事情，然後還把我們牽扯進去。」

石榴石第九小組的輕浮男弗雷，果然第一個抱怨。

「你說那什麼話啊，在戶外煮咖哩可是青春的樂趣耶。」

「那到底是在講哪國的青春啊？」

就連尼洛也一臉詫異地吐嘈。

哎呀，這種青春是出現在我的前世啦……

「哎呀哎呀沒有關係啦，大家，瑪琪雅都這樣說了。」

「勒碧絲謝謝妳！勒碧絲每次都會支持我～」

勒碧絲雖然說出口的話溫柔，卻對兩個男生施加莫名的壓力，我緊緊擁抱勒碧絲。

就這樣，我（強硬）邀約小組員們，到戶外去煮咖哩了。

打開工房的玻璃窗，把道具搬到可以眺望大海的露臺上。

在庭院前恰到好處的位置擺石頭，放上薪柴後生火，用火之魔法就能簡單做到。

在我生火時，請尼洛和弗雷在露臺的桌子上切蔬菜。切碎洋蔥時被暗算的弗雷不停哭泣，而帶著工作用護目鏡的尼洛很是愜意。

「啊——我眼睛好痛。為什麼我得做這種事不可啊？平常明明只需要吞下組長做的神祕料理就好了啊！」

「打著這種盤算，假日也跑來工房的你沒資格說這種話。」

弗雷姑且算這國家的五王子，但大家平常完全忘了這回事。

所以就請他繼續切碎洋蔥啦。

「但是啊瑪琪雅，話說回來我根本無法想像咖哩飯是什麼。如果是和扁平麵包一起吃的香料料理，我倒是有吃過。」

「喔，尼洛吃過囊餅和咖哩啊，你喜歡嗎？」

「嗯……我本來就不怎麼討厭香料料理。」

「那就沒有問題了！絕對可以接受！」

我朝尼洛豎起大拇指，尼洛護目鏡底下充滿懷疑的眼神好傷人耶……

沒錯，在這個世界，說起咖哩的好搭檔就是囊餅，我到現在還沒有見過咖哩飯。或許認真找可以在哪找到啦。

「瑪琪雅，我去借到大鍋子了。」

「啊，勒碧絲謝謝妳！這樣就可以煮很多咖哩了！」

勒碧絲去其他工房替我借來大鍋子。

勒碧絲雖然言行舉止都很淑女，但她不擅長削蔬果的皮，卻很擅長搬重物。她可是石榴石第九小組中腕力最強的人耶，別說我了，連尼洛和弗雷都被她秒殺。

所以說，我們立刻開始煮咖哩。

在燒熱的鍋子中丟入多一點奶油，放入生薑泥和蒜頭泥，把洋蔥炒到金黃色。接著加進番茄、幾種咖哩用的香料，其他蔬菜以及切塊雞肉，撒鹽之後繼續拌炒。這實際上已經是奶油咖哩雞了呢。

接著在此拿出鹽蘋果，我準備了蘋果泥和切大塊的蘋果方塊。

這部分，大家邊比賽邊用魔法處理，還可以順便練習魔法。

第一名是尼洛，其實根本不用比。

那麼，把蘋果方塊和蘋果泥，以及蘋果汁與適量的水倒入鍋中，再來就稍微燉煮一下。此時已經飄散出蘋果和香料的香氣了。

老家寄太多鹽蘋果來了我吃不完，為了消耗蘋果才想要用大鍋子煮蘋果咖哩，這點當然得要保密。

「啊啊～我聞到白飯煮好的香氣了。可以這樣理所當然吃到白米飯，全多虧尼洛做了炊飯鍋啊。只要能輕鬆煮好白米飯，我就能無限想出要吃怎樣的白米飯料理。」

而當事人尼洛，只是盯著平常過度使用他開發出的炊飯鍋的我，神祕地嘆了一口氣。

「……我到現在還是覺得很不可思議，為什麼瑪琪雅對白米飯如此執著啊？」

「肯定是因為我前世吃了很多白米飯啦！」

我故意說出真正的話，但所有人都露出「瑪琪雅又在說奇怪的話了……」的表情。

蘋果咖哩煮好了，白米飯也煮好了。

我立刻把白米飯盛上盤子，淋上自製的咖哩。

「還請享用。」

「……」

大家都被褐色的外表嚇到，但無法抗拒誘人食欲的氣味，以及勞動過後的飢餓感，最大膽的勒碧絲第一個大口吃下。

「哎呀，好好吃喔！可以清楚吃到蘋果的甜味。但不僅甜味，還有辛辣感。原來如此，正如瑪琪雅所說，這和白米飯相當搭呢。」

「對吧對吧！我最推薦的重點就是切成方塊的蘋果。花時間燉煮後，會變成入口即化又有口感的配料。這應該算是馬鈴薯的替代品啦～」

而且加入奶油和蘋果的咖哩，口味溫潤容易入口。

讓女孩們試毒一會兒後，慎重的男孩們終於開口吃下咖哩飯。

「嗯，好甜。」

「但辛辣感緊接著出現……」

雖然做出奇妙的反應，但他們拿湯匙的手不曾停歇，一匙接一匙把咖哩飯送進口中。吃相比我之前給他們吃酸梅飯糰時還要豪邁……

「嗯，該怎麼說呢，白米飯這樣吃也還不錯啦。」弗雷說道。

「加入鹽蘋果的香料料理，簡直就是為了魔法師所做的料理啊。魔質含量感覺很高……」尼洛說。

「如果還吃得下，還有很多可以再來一盤喔～」

我和勒碧絲立刻再來一盤。

在這爽朗舒適的晴朗秋日，在戶外煮咖哩吃到飽。

咖哩真的是很不可思議的食物，和朋友一起吃更感美味。

這果然是因為我回想起前世記憶吧，我怎樣都會回想起森林學校時的戶外野炊，以及學校營養午餐。

沒想到我這一世竟然會在魔法學校和同伴們一起學習魔法，要是告訴那邊的家人與同學，大概沒人會相信吧……

就在我對令我回想起前世的味道感慨萬千時——

「我聞到香料的香氣了～」

「你們在吃什麼啊？」

在附近工房的盧內・路斯奇亞的學生們，被香氣吸引而來。

我拿大鍋子煮一大鍋咖哩或許是正確答案呢。

那麼，大家一起吃蘋果咖哩吧。

接著再繼續認真學習魔法吧。

後記

承蒙大家關照，我是友麻碧。

衷心感謝你購買「梅蒂亞轉生物語」第五集。

門扉彼端的魔法師，終於來到「下」集了。

其實我本來只打算寫成上下集，但誠如我在上一集的後記中提過，下集份量超乎我想像的多，最後就分成上、中、下集了。

但是，友麻如此想。

分成中、下集真是太好了……

下集的資訊量也太多了吧。雖然我盡可能寫得容易理解，但如果這些和中集一起，肯定連我自己也沒辦法好好控制資訊，也可能讓各位讀者更加混亂。

說的也是啊。

這個複雜麻煩的感覺，正是梅蒂亞。

如果是我在網路上連載的版本，其實還滿早就會抵達這個部分了，但在書籍版透過集數加深與角色間的交流，到了第五集才終於走到這裡。

梅蒂亞轉生物語。這個標題。

就是「正如字面所示」的感覺，沒錯。

在第五集讓孩提時代與青春時代落幕，是一個階段的結束。

地球篇、幼年篇、魔法學校篇的集大成的感覺。

不僅是故事基幹的真相，也說出在魔法學校裡認識的同伴們的真相了呢。

在這個故事中，不停提及「童心」這個詞，我認為是用我自己的方式，寫出了魔法所需的孩提時代與青春時代。我已經開始懷念起魔法學校的歲月，感到不捨了。寫這段真的寫得很開心！

順帶一提，「童心」這個詞是為了致敬我的聖典《說不完的故事》中出現的女王殿下「月童」。

就我個人來說，我可以寫到這邊真是太好了，讓我鬆了一口氣。

首先，真的由衷感謝大家陪伴我走到這邊。

接下來是宣傳。

於《月刊G Fantasy》連載中的漫畫版《梅蒂亞轉生物語》也在同一天發售第四集，好快喔！

劇情來到原著第一集中的高潮，內容高潮迭起，請務必務必一讀。石榴石第九小組的禮服打扮非看不可！（註：以上為日本出版狀況）

致責任編輯大人。這一次在行程安排與原稿修正上也受到您很大的關照。在您閱讀完第五集後對我說「我非常感動」時，我還記得我總之就是非常感動。真的非常感謝您。

致負責繪製插畫的雨壱絵穹老師，真的非常感謝您繪製出如此出色的畫，回應我這一次提出這麼困難的請求。紅之魔女、黑之魔王和白之賢者的角色設計都太棒了，我迫不及待地想著「真想快點讓讀者們看見！」真的非常感謝您。

以及各位讀者。

請讓我重新再說一次，真的非常感謝大家陪伴我走到現在。

我衷心期待將來可以再次在梅蒂亞世界中與大家見面。

友麻碧

國家圖書館出版品預行編目資料

梅蒂亞轉生物語 . 5, 門扉彼端的魔法師 . 下 / 友麻碧著 ; 林于楟譯 . -- 一版 . -- 臺北市 : 臺灣角川股份有限公司 , 2022.10

面； 公分

譯自 : メイデーア 生物語 . 5 , 扉の向こうの魔法使い . 下

ISBN 978-626-321-886-4(平裝)

861.57 111013245

梅蒂亞轉生物語 5 門扉彼端的魔法師（下）

原著名＊メイデーア転生物語 第5巻 扉の向こうの魔法使い（下）

作　　者＊友麻碧
插　　畫＊雨壱絵穹
譯　　者＊林于楟

2022年10月11日 一版第1刷發行

發 行 人＊岩崎剛人
總　　監＊呂慧君
總 編 輯＊蔡佩芬
特約編輯＊林毓珊
美術設計＊李曼庭
印　　務＊李明修（主任）、張加恩（主任）、張凱棋

台灣角川

發 行 所＊台灣角川股份有限公司
地　　址＊104台北市中山區松江路223號3樓
電　　話＊（02）2515-3000
傳　　真＊（02）2515-0033
網　　址＊http://www.kadokawa.com.tw
劃撥帳戶＊台灣角川股份有限公司
劃撥帳號＊19487412
法律顧問＊有澤法律事務所
製　　版＊尚騰印刷事業有限公司
I S B N＊978-626-321-886-4